井 喷

BLOWOUT

选 民 著

四川文艺出版社

世间善恶，一个院子三家人的恩怨情仇

慈母杀子？一家三口生离死别的忏悔录

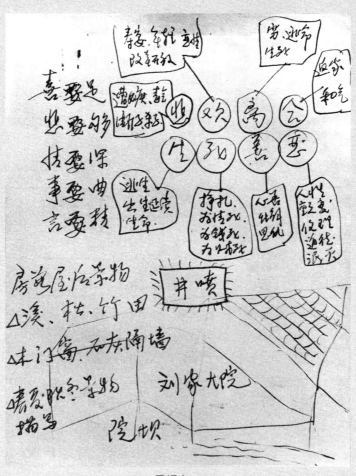

手记之一

张铁嘴：幽默、滑稽、东施好施 经常修理农具。铡刀、锤子、钢钎、锄头、铁耙免费。⬤	唐秋水：漂亮、多情、勤劳、失望、绝望、不逼不搅、幽默、残忍⬤
刘为林：沉默寡言、老实、老蹲在门口、尖在石头上抽闷烟、记仇心极强⬤	柳成荫：好冲动、报复心极强、敢做不敢当、有苦难言心胸⬤
李平安：喜调和、知理处报、心系百姓、舍己救人⬤	刘月生：复仇心强、算残心不残、求生力强⬤

手记之二

手记之三

《井喷》絮语

　　这是一个奇灾大难的故事。2003年12月23日深夜，位于C市K县高桥镇晓阳村的中石油川东钻探公司"罗家16#"天然气井突发井喷，富含硫化氢的有毒气体喷涌高达三十多米。毒气迅速四溢，随风潜入，生灵涂炭，二百四十多名村民立地猝死，为世界石油史上罕见灾难。那一天，那一夜，井喷周围的六万居民，事故中心的三万受灾群众，他们被一场瞬间降临的大难笼罩，一个与生死搏斗的黑夜，一个个仓皇逃难的场景；那些曾经死里逃生的受灾群众，那些已长大成人的六千多名中学生，时至今日，可曾回味？可曾记否？有道是："12·23"，惊天劫难；井喷晓阳，事发瞬间；毒魔肆虐，万丈气焰；两乡两镇，火速疏散；午夜狂奔，天昏地暗；空山十里，渺无人烟；灾民六万，泪别家园；亲人罹难，寸断肠肝！

　　这是一个惊天动地的故事。灾情就是命令！点火、散毒、堵漏，根治井喷；疏散灾民，救治伤者，安置群众，惊天地，动国人。闻讯而动的党政机关干部；解放军、武警、公安、消防；医疗卫生、安监民政、保险金融、新闻媒体；志愿者、捐赠者……十万人的救灾队伍集结奔赴灾区。他们的身影和所做出的点点滴滴努力，全都留在那场救灾的日日夜夜里。有道是：高桥井喷，火急十万；京城传声，紧急救灾；苍生在上，人命关天。举国上下，共战火线；专家云集，研制方案；部队出战，霹雳惊弦；网络媒体，累牍连篇；八方支援，义薄云天；党心民心，重于泰山！

这是一个真实演绎灵魂复苏的故事（勿对号入座）。每当大难临头，人的本来面目都暴露无遗，善良的、凶恶的；崇高的、卑劣的，天渊之别！曾经居住在刘家大院的唐秋香、柳成奇、张铁嘴三户人家，邻里互助，生离死别，将几十年的恩怨情仇化为乌有；灾难过后，柳家为分抚恤金对簿公堂；张家成为孤寡老头，不少年轻妹儿纷纷上门相亲求嫁；唐家病残儿子刘月生经过七天七夜与毒魔搏斗捡回一条命来，想不到因为疾病缠身和一袋救济米而自生杀念，安乐于母亲怀中。是"慈母杀子"，还是"偷饮自尽"？离奇的是，苍天开眼，突然一场山体滑坡导致水库翻坝，下游河水猛涨，是谁使刚埋进土里的死者离奇得救复生，远走高飞；是谁让他白手起家，天磨人嫉，病愈财旺，成为富豪；是谁让他们母子于世再相见，三言两语，道出惊天生死秘密，人间大恨大爱！

有道是：灾难远去，回望家园，春风重度，袅袅炊烟。奇迹发生，何须答案；中华美德，厚土高天；民族精神，升华彰显，史册彪炳，日月共鉴！

这是一个惊心动魄的故事。故事的主题是人性。人性是文学至高无上的追求，能够成功的却不多见。此书是我见到的最为成功者之一。它的成功除了事件本身，更为重要的是作家对事件的文学评述。作为选民的朋友，我以此为骄傲，并且骄傲地推荐给我的朋友，以及我的朋友的朋友。

　　　　　　　　　　　　　　　　　黄济人

　　　　　　　　　　　二〇一六年五月二十四日

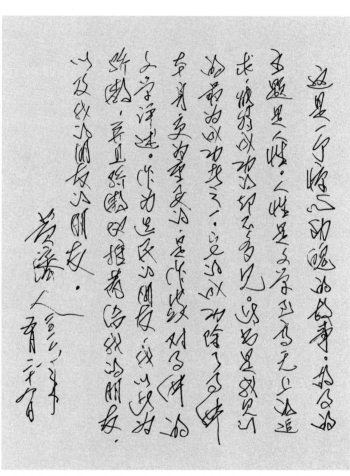

中国作协主席团成员、重庆市作协原主席黄济人先生推荐词

北京电影学院资深教授、中国高等院校影视学会荣誉副会长黄式宪先生推荐信

    当年，那场突兀而降的悲剧性灾难，瞬间即造成国内乃至世界气井井喷史上罕见的特大灾难。243位乡镇居民因中毒气而立地猝死，约 6.5 万人在政府部门全力以赴的应急救灾安排下迅速疏散，伤者与受抢救者则无计其数。这就是那场发生在2003年12月23日的"重庆开县井喷"大灾难。迄今，除了少数劫后余生的老人，事实上，还有几多年轻人能记得起这场悲剧性的奇灾大难呢？而作为我廿余年挚友的选民老弟，竟将这场大灾奇难深铭于心，痛之念之，怀之思之，经十多年的内心发酵和不懈不息的笔耕，终于以悲情满溢而不可承受之重的文学笔墨，先后写出了一部长篇小说和一个电影剧本。其第一稿剧本，卒篇于2004年9月28日（中秋），中经十余年间无数次的易稿润色，乃于2016年6月9日（端午）献出了最新的这一稿。其片名朴素、本色，仅有两个字：井喷。诚可谓"十年磨一剑"，字字血泪，情意力透纸背，震天撼地而令人的心灵默默地接受了一次净化的洗礼。在笔者眼里，这个电影剧本，迥然不同于当下影视界被拜金主义裹卷着而满天飞舞着的各类大小IP。这个剧本的作者，凝神静气，沉得下心来，能超然于如今浮躁而平庸的影视市场。他手执的岂止是一管笔，他手捧的竟是一颗炽热的心。得心而应手，那浸润于人物遭际和命运里的人道主义情怀，不仅呈现出在那场灾难中人性的美与丑、善与恶、真与伪，更为可贵的是，作者竟然透过这个悲剧性的奇灾大难，写出了人性的升华，人情的温暖，将读者与观众一层层地带进了充盈着哲思和顿悟的美学境界。在此，我深深地为我的挚友选民祝福，并期待着这部力作早日登上银幕，让它如同一股清澈的人文精神之暖流，激浊而扬清，于潜移默化中能带给人们以点点滴滴精神的启迪。是为小记。记于丙申年炎夏，2016年7月9日，嘉陵江畔重庆旅次。

黄式宪

2016-07-09

自 序

　　"井喷"一词是石油业的专业用语，其英文为blowout。此词的应用频率，莫过于2003年末发生在C市K县的那场震惊中外的井喷事故。瞬间井喷，夺去了二百四十多人的生命，六万多人被迫在漆黑的冬夜上演生死大逃难。

　　惊天劫难，悲壮惨烈！

　　我耳闻目睹了处置那场悲惨事故的全过程，将那些受灾群众、救灾英雄可歌可泣、可圈可点的点点滴滴的故事留存于纸纸片片上，铭记于心；亦将在大难临头时刘家大院几户人家两代人的恩怨情仇、美与丑、凶与恶、崇高与卑劣……暴露无遗的人类的本来面目汇聚在案。那一个个惊心动魄、生离死别的瞬间，那一桩桩骇人听闻的大逆不道之举，震撼着多少有良知的世人，更痛击着我自己的灵魂。我曾经为生与死的谦让者振臂欢呼；也曾经为趁火打劫偷抢死人钱财和救灾物资的恶行击掌痛斥；还曾经夜不能寐，将人类面对灾难时发生在每一个人心灵深处的另一场"井喷",彻夜构思写成小说。由于考虑当时在灾难中逝去的无辜和幸存者的悲情以及尚未抚平的社会伤痛,没有及时发表。十多年过去后,那场井喷事故的阴影渐渐消退,甚至被人们淡忘。然而,由此演绎的人间善恶的"井喷",留给人类灵魂的伤疤和教训,却挥之不去。

世上有大恨,人间有大爱。今天,我将那时完成的初稿几经修改成小说和电影剧本奉献给读者,以告慰那些无辜的逝者,警醒众多生者与来者,深思、深思,再深思。

目录

引 子

　　奔流不息的长江上有条小小的支流叫琴泽河，河岸
边有个小小的高桥镇，镇属的晓阳村因为2003年岁末一
场突如其来的"井喷"事故出了名，差不多全世界的人
都知道了这个地方。

　　那是一场灾难，震惊中外的奇灾大难！

　　有记载说："12·23"，惊天劫难；井喷晓阳，
事发瞬间；毒魔肆虐，万丈气焰；两乡两镇，火速疏
散；午夜狂奔，天昏地暗；空山十里，渺无人烟；灾民
六万，泪别家园；亲人罹难，寸断肠肝！

　　难怪，高桥镇上的张铁嘴说：哪个龟孙子骗你，晓
阳村的井喷，不是天灾就是人祸。说它是天灾，那口怪
井是财神爷的下水道，它一不高兴就放个屁给你闻闻，
拉点东西给大家吃吃。算命的都说了，屎就是财哩。说
它是人祸，它吐一口气，一夜之间就害死了二百四十多
条人命。不摆啦，许多活着的人，没钱的一夜之间成了
十万甚至百万富翁；没了老婆的，年轻漂亮的妹儿牵起

线线找上门来提亲，估倒要嫁人，丧事竟成了喜事。好多的人啊，从此改变了命运哒。

十多年后，张铁嘴站在那座井喷过的井架下，看着周围的许多坟墓，又说：其实，天知、地知、你知、我知。古人早就有言在先，饥寒起盗心，狗急会跳墙，屎尿憋死人，乐极会生悲；天要下雨，娘要嫁人。地球能自转，星球要碰撞。不摆了，善有善报，恶有恶报，不是不报，只是时候未到。众多至理名言，世间爱恨恩仇，是逼出来的坚强，忍出来的人性。这，岂不就是井喷！

逃
难

一

急促的警笛声呼啸而来，使刚刚回到家园还没有平静心态的晓阳村村民，如惊弓之鸟般恐慌，他们以为井喷又来袭了，闻声而动，倾巢而出，再次准备逃离。

警笛声还伴着闪闪烁烁的警灯，直朝刘家院子而去。

车停了，下来两名着制服的女警察。向唐秋香宣布："你涉嫌毒死儿子刘月生，经检察机关批准，予以逮捕。"随即给她戴上亮铮铮的手铐，拽上警车。

这时，刘为林扑向警车，看着玻璃窗内被不锈钢栏杆围住、一言不发的唐秋香："儿子是……你……你杀的呀？你……你……为什么要杀……杀我儿子！"边说边气愤地举起右手，"啪啪啪"地在车窗上拍打，然后转头一屁股坐到门口那个石凳子上。

警车"轰隆"一声起动，警笛再次响起，警灯再次闪烁，"呜呜呜"缓慢驶出刘家院子。一路上，路两旁挤满了看热闹和稀奇的村民，七嘴八舌，议论不休：

“哎呀，这个女人是个妖怪，她放个臭屁就井喷了！”

张三说：“听说井喷喷出的鬼火，就是这个婆娘搞的鬼，一下子就害死了二百四十多人，我看这回是猫抓糍粑——脱不了爪爪，该挨刀砍脑壳了！”

李四说：“这个女人，年轻时就偷过生产队的红苕种，现在没得生产队了，偷尿不到啰，就想方设法向政府讨救济粮和赔偿，竟然拿包耗子药把七天七夜都活过来的儿子给闹死了，想拿人命换钱花，好残忍，好恶毒啊！”

王二杆子说：“呀呀呀，这回村子出名了，不但井喷，还出了个女杀人犯；他妈个灾星，弄得一个村子不安宁，名声扫地。这下好啦，要去坐大牢了噻！”

谭三哥说：“咱们这地方是刘伯承元帅的家乡，风水这么好。如今不晓得啷个搞的，有些人怪眉日眼的，想精想方弄他妈个钻井机来逗猫惹狗地打井，定是把山河的龙脉打断了，要不然怎么会喷出毒气来，毒死这么多人。毒得鸡飞狗跳，人逃亡！今天又他妈的钻出个杀人的女犯人来，杀的是自己的人啰！这风水变了，怪事多多！”

廖老大说：“你们都是瞎猜瞎说，到底是啷个一回事，政府说了才作数啊！”

马尚凤牵着孙女小双站在柳家院坝边看着远去的警车，自言自语地说：“冬天打雷，六月飞雪，冤枉人家了吧？”

警车驶进刻有"高桥镇"的牌坊，站在人群后面的高桥诊所的李医生和铁匠铺的张铁嘴，看着警车里的唐秋香，不约而同各自说了一句："造孽呀！造孽呀！"张铁嘴还跟着警车追了几步，突然来个急刹车，停住脚步不动了。

柳娃站在人群中，轻声轻气地对旁边看热闹的人说："这回要砍脑壳了！上级都说了，在灾难面前偷鸡摸狗的，一律从快从严从重惩罚；她还杀了人，一定要办成铁案！我们来打个赌，要是砍不了脑壳，我拿手板心煎鱼给你们吃！"说完侧边侧边溜了。

两天以后，在开往广东深圳的一列火车上。车厢里来了警察和列车员，把一个人吓出了一身冷汗。"各位旅客，请把身份证和车票拿出来，验票啊。"

听见警察的吆喝声，那个人蹦跳的心始终没有平静下来。当警察和列车员来到他面前，警察说："请出示你的身份证。"

那人向警察递上身份证。警察问："你叫刘日生？"

那人惊了一下答："刘……刘月生。"

警察一愣，瞪眼看他："到底是刘月生，还是刘日生？"

那人慌张中机敏地回答："刘……刘日生。'月'字两边不长脚，读……读'日'，'日'字两边长出脚来才读……读'月'。"

警察好奇地问："你不识字，结巴呀？"

　　那人点点头。

　　警察再问："你是第一次出远门，到哪里去？"

　　那人回答道："第一次。到……到……到深圳打工去！"

　　警察和列车员核对了身份证和车票，确认无误后，才走了。

　　坐在车厢那头一个叫李冬梅的姑娘听见警察的大声问话，没想到有个叫刘月生的同坐在一节车厢里，使她纳闷起来。当她听见一会儿说是刘月生的名字，一会儿又说是刘日生的名字，似乎熟悉，但又陌生，始终不敢上前相认。她站起来打望，见那个叫刘月生的始终坐着不动，偶尔起身并没有挂拐棍，其姿势和动作，又不像前几天在家乡打过交道的刘月生。她翻出手机里的照片核对，似像非像。于是，放弃了前去相认的念想。

　　李冬梅想到儿时的刘月生和前几天才见过的刘月生，越来越码不实在车厢里的刘月生是真是假。是天下之大，人海茫茫，同名同姓，还是机缘巧合，客路相逢？

　　过了一会儿，怀疑中的李冬梅换了节车厢，在过道处打电话回去问她爸爸李医生："我在火车上看见一个人，好像是刘月生，但又不像，我没去相认。"

　　"刘月生？他不是被他母亲用耗子药毒死了吗？我也被公安叫去问过话的嘛。你可能认错人啰。"电话那头怀疑地说。

李冬梅继续说："我看见警察在询问他的啊。"

"如果刘月生真的活着，这娃的命太大太大！但是，不可能！"李冬梅的爸爸这样肯定地说。

李冬梅说："好奇怪哟。万一是真的呢，我想看看这个故事演绎的真相，做一回实习律师的考卷。"

李医生回答说："你不要在外瞎折腾了，当心你自己也说不清，惹来官司缠身。"

李冬梅撒娇地请求："爸，是福是祸，你就让我试试吧。要么就从你开始，把你给公安讲的经过和故事说给我听听。"

李医生说，记得很多年前的一天，李平安的爸爸抱起被毒蜂蜇后的刘月生，后面跟着唐秋香、张铁嘴、刘为林，他们上气不接下气，来到镇诊所。我一看，刘月生双腿和脸上都有不少红疙瘩，全身中毒，而且肿得发亮。他已经开始抽搐，肌肉开始痉挛，呼吸开始困难，处于昏迷状态。我看情况不妙，处方都没开，就给他打了一针青霉素消炎，还给了两片退烧药。我没有按照医治毒蜂蜇后处理伤口，吸出毒针的程序，而用了止痛消肿的方法治疗。在用药上，应该用盐酸麻黄碱溶液，皮下注射，口服德胜蛇药片，我没做皮试就用了青霉素注射。

两三个钟头过去了，刘月生那红肿的脸和腿上的肿始终消不下去。我一见状，脸一下子红了起来，手忙脚乱躲进配药室检查针管和药瓶，心头一惊："哎呀，用错药了！"于是将门一关，赶紧将药瓶和针管收拾起来用一块纱布包裹起来，趁人不备藏了起来。

我镇定了好久才出门，去摸摸刘月生满身的红肿包块，对大人们说："要是来晚一点点，这娃儿就没命了。没想到毒蜂杀人，也这么厉害！"

唐秋香感激不尽地谢道："活命就好了，活命就好了！"

刘为林埋怨唐秋香只顾救了别人的儿子李平安，张铁嘴憎恨刘为林懦弱无能，愤愤不平地说："哎，我看见你媳妇呢，完全是鲜花插到牛粪上；当看到这个儿子时，又感到歪竹子生了根正笋！啷个要遭蜂子蜇嘛？"

刘为林则冲着唐秋香发火："还……还……还不是怪这个傻……傻婆娘！"

……

谁知，刘月生幼小，抵抗力差，体质又过敏，虽然救了他一条命，但中枢神经发生脱髓鞘病变，留下肌肉无力、神经炎常会复发的后遗症。同时，他还是个疤痕体质，身上的伤疤经常会红肿溃烂，随时需要治疗。

李医生又说，那次用药后，我很内疚，知道错了。赶忙将处方、药瓶、针管打包销毁，怕别人知道后找我算账。可从那时起，我一直同情着刘月生的遭遇，一直关注着他的病症，一直暗中帮他治疗，多年来一直如此。

李冬梅越听越有兴趣，说："爸，原来刘月生的残疾你也有责任啊。难怪他妈过生日那天，你都要带我去祝贺。"

在女儿面前，李医生毫无隐情，说："哎呀，还有好多稀奇古怪的故事，等你回来慢慢讲。要么，你也可以从井喷发生那天的事件开始，自己去深入了解，多听几个故事吧。"

二

祸从天降。福从何来?

快要过年了。晓阳村刘家院子的刘为林，张开平常用钢钎都难以撬开的嘴，突然对老伴唐秋香说："过……过几天是你五十岁正生，我们请几桌客，热热闹闹办场生期酒。记得我过六十岁生日那年，也请了客的。这客一请，消灾减难，所以我又多活了几岁。"

唐秋香睁大双眼看了看刘为林，半晌才回答说："你这个哈儿，还记得我的生日? 你是想我来照顾你活到一百岁呀，好自私哦! "

刘为林也开玩笑说："我……我说你这个傻堂客，说正经事呢，你歪起想。反正要过年，办酒席的东西不就是那几块肉、几斤米，无非多打几……几斤酒。"

唐秋香一想，便领了老伴的情，说："办就办吧，没几天啰。"

刘为林见唐秋香答应了，高兴地说："就请个四……四五桌吧，远亲近邻加村干部，够……够了。喝……喝台酒个嘛。要不请张铁嘴来帮我们张罗张罗。"

唐秋香眼睛一瞪，对刘为林马起个脸说："请他来操办，你不吃醋哇？"

刘为林说："我们都没……没文化，搞……搞不来那些新玩意儿。他鬼点子也多，不就图……图个吉利，图个快乐，图个热闹。没……没得别的啥子意思得。"

唐秋香心里乐了一头，说："就照你说的办嘛。"

两人的对话被隔壁房间的儿子刘月生听见了，他大声地喊话说："我同意！"

2003年12月23日中午，唐秋香的五十岁生期酒宴在刘家院子开场。

隆冬的大巴山，天寒地冻。早晨还有点霜，直到中午才融化完了。刺骨的寒风嗖嗖，冷得人打抖。唐秋香早早地就在火塘里添了许多木炭，炉火正红。张铁嘴从火塘边的人群中站了起来，双手做成握拳作揖的样子，然后朝胸脯中间一挤，两个半握着的拳头变成了一支城里歌厅、舞厅、宴会厅流行的"麦克风"样子："我说，你们听到起，来吃酒的，大家把嘴巴停一停，不要光顾嗑瓜子、摆龙门阵，看看周围团转各自的亲朋好友来齐没得。我先把开场锣鼓敲起，生期酒马上就要开席啰！"

屋里有人答话，是个女人的声音："该来的都来了。不该来的他死个舅子也不得来。"

"别在那里找些歌来唱。秋香姐姐大喜的日子哈。"张铁嘴四下望望，然后又说，"今天是秋香大姐的五十大寿，我们现在也要学着城里人的玩法，搞个仪式才开席吃酒哈。"

一群娃儿哼着儿歌"安灯逸灯麻灯甩"跑了过来看热闹。有的仰头望大人的脸色，有的竖起耳朵听大人说话，还有的往前面挤，看稀奇，观排场，瞧阵仗。

刘家院子在琴泽河边，属晓阳村。院子四周竹林掩映。虽然房屋年久失修，有些陈旧，但这是唐家祖辈留下的遗产。唐秋香祖上几代都是单传，到了她这一代便是独女。她家新中国成立前因占有的土地多，人口少，在当地算是个殷实户，远近闻名。新中国成立后，唐家被划为富家成分。因此，唐家的土地和房产都得分一部分给无地无房的贫困人家。刘为林小时候做过唐家的放牛娃，家庭成分定为雇农，既无地也无房，号称"穷光蛋"。因为他的成分好，长大后经人撮合，就做了唐家的上门女婿。唐秋香小时候就要面子，不想做"地富反坏右"的子女，被别人看不起，更不想让父亲戴个富农出身的帽子，于是成天打别撒气跟父亲又吵又闹，强烈要求父亲将唐家院子改名叫刘家院子，顺应刘为林成分好。

土地改革时，唐家将院子一分为三，偏房和耳房分给外来的孤儿寡母的张铁嘴家和人丁兴旺的柳成奇家。从那时候开始，唐家就为这房产的事一直耿耿于怀。邻里相处时间久了以后，矛盾迭出，不是死人就是鸡鸭失踪，没有安宁过。多年后，柳家搬走了，但房产仍然属于柳家，天长日久，垮塌得只剩半堵墙，可那几寸土地没有哪个人敢去动一动。接着，张家学了手艺做起打铁生意，也搬走了。房子垮的垮，塌的塌，好端端的一把圈椅形状的风水宝地，院落只剩得几间正房，像栋独立别墅，掩隐在翠竹丛中。人气不旺但风光极美。到了冬天，也有霜雪光顾，给大院的风景注入了诸多生动。天晴时，白云生处有人家；天阴时，竹林幽静冒炊烟；四季轮回，鸡犬声起。几十年变迁，地基"物归原主"，人心定，安其居，乐其俗，稳其家，虽经多次修修补补，老屋老宅，旧院如初。

今天，刘家和唐家的亲朋好友，包括原来在这里居住过的邻里，都来为女主人唐秋香祝贺五十大寿。院子里异常热闹。

生期酒宴仪式的台子设在堂屋，墙壁上方挂了条红底白字的布标，写着：唐秋香老人五十大寿喜宴。墙壁正中供奉着"天地君亲师"的神位，两旁分别写道：三教万灵真宰，一本九族宗亲。贡桌上供有一盘水果。贡桌下方摆着一把有些年头的木圈椅，前面的地上铺了一层鲜松树毛，像绿色的地毯。这些摆设，都是张铁嘴的点子。

唐秋香丢下手中的活计，穿着一身新衣服，从里屋来到堂屋，套在腰间的围腰还没来得及解开。从背影上看，高挑的身材和丰满坚挺的胸部让人猜不出她的年龄，加之细白红润的皮肤衬托，更像个小媳妇。

一阵掌声响起。掌声中，张铁嘴大声说："现在有请我们的寿星登堂入座。"

唐秋香像大姑娘头一回上花轿，脸一下子红到了耳根，随手把围腰一解，将头上的白帕子一脱，盘在头上的长发被一根簪子别着，不失大家闺秀的风采。她稳步走进堂中，转身往椅子上坐下。

"坐正，坐正。"张铁嘴一边说一边走上去，纠正唐秋香的坐姿。然后退回到人群前面，上看看，下看看，左打量，右打量，指指点点说："双手搭在膝盖上。"唐秋香很听话地任其摆布。

"这下子好啦，好啦！"张铁嘴像导演一样，直到满意。

"喂，你们看秋香大姐多像电视里头的明星演员！"

"要是有照相的就好啦。"

"我有，我有！"答话的是镇上李医生家的闺女李冬梅，大学毕业后在广东做实习律师。她立即从挎包里掏出一个带照相功能的手机，说："我来照，我来照！"

大家让开一个位置，只见她双手握住手机两头，腰稍稍一弯，"咔嚓，咔嚓"几下，便将唐秋香的音容笑貌装进了手机里，还给看闹热的人们拍了好几张照片。

人群中惊叹不止："哇噻，哇噻。"

张铁嘴睁大眼睛看了看那个他看着长大的乖巧水灵的小女子，又看看她手里的手机，连声说："谢谢哈，谢谢哈。谢谢我们的大学生带回来的既可打电话，又能照相的新科技。"

李冬梅照完相朝后退，正好退到了刘月生旁边。刘月生十分好奇那个会照相的手机，要求说："妹儿，你跟我照一张噻。"

李冬梅蛮有把握地说："照了的，照了的。你放心好了，我吃了饭就去县城冲洗，到时我会送给你的。"

刘月生歪起个脖子，深深地看了她一眼，央求似的说："你去县城？哎，我也想去哟！可……这腿脚又犯病了！下次带我去深圳好了。"

李冬梅从刘月生的眼神中似乎看出了什么，立马用广东话应承道："莫门台啦（没问题），莫门台啦。"

唐秋香见两个年轻人谈兴十足，斜视了一眼张铁嘴。

张铁嘴又将双手做成喇叭状，大声地说："今天是我们村，也是我们镇上的又一位姐姐过半百年龄。古人说，人生五十知天命，六十耳顺，七十古来稀。现在生活好了，我要说，人生八十也不稀奇。今天我们要把心理年龄倒回去二十岁。你看秋香大姐是'五十岁的命，四十岁的身，二十岁的心'啦！我们祝福她越活越年轻！"

一阵阵掌声，如放鞭炮。张铁嘴使了好大的劲，他的声音才明显地盖过掌声。他接着说："现在举行第一项议程，由我宣读唐秋香老人的生辰八字：唐秋香，高桥镇晓阳村人，公元1953年12月23日生，属蛇。二十岁与刘为林结为夫妻……"

"喂，刘为林大哥躲到哪个旮旯儿儿去了，快来前排就座，坐倒起噻。"

刘为林嘴上叼着个大烟锅到前排坐下。

张铁嘴接着说："秋香一辈子遵纪守法，中年得子刘月生，虽然他是个病残儿，但不是天生的哈。喂，喂，月生到前面来噻。"

刘月生那几天腿上的伤病复发，加上重感冒，身体虚弱，腿脚更加无力，一下瘦得像个猴儿，身上始终治不愈的伤疤不知为什么又开始红肿溃烂。他被李平安和李医生扶着手膀，来到母亲唐秋香面前，头歪歪斜斜打着抖，坐不能稳，站不能正，干脆使出他的惯用动作，将随身携带的自制的可以伸缩的竹拐棍一头使劲撑在地上，借力将身体的半边屁股落地，还打个盘腿，直腰坐在地上，就像和尚正在念经打禅。

张铁嘴接着又说："现在开始行寿礼。三亲六戚的晚辈们都上前来，跪在松树毛上。

"一鞠躬，祝姐姐福如东海、寿比南山；二鞠躬，祝姐姐身体健康、长命百岁；三鞠躬，祝姐姐财源广进、家业兴旺。"

唐秋香头一回看到这么多人跪在她面前，手脚无措，真是"坐花轿听唢呐，不知哪的哪"。心儿蹦跳蹦跳，似乎也在为自己祝寿。嘴里直咕噜："哎呀，你个张铁嘴，搞些啥子名堂嘛。"

"静一静，现在祝寿词、送寿礼。有请月生为母亲大人祝寿词，大家欢迎！"张铁嘴边说边带头拍巴巴掌，营造气氛。

坐在地上的刘月生，把头抬起，望着高大威严而又慈祥的母亲，眼泪簌簌地流了出来。半天说不出一句话，瓜兮兮的，冷了场。他使劲用左手撑着身子，用右手往脸上一横，擦掉眼泪，结结巴巴地说："妈呀，妈，都怪我不争气，给你添了这么多年的麻烦，我不会忘记你的生育之恩、养育之恩和教育之恩。要是来世再做一家人的话，我一定要好好报答你。"

这时候，比刘月生长几岁的村长李平安忍心不下，上前扶着刘月生说："伯母大人，月生有病，你就把我也当成你的儿子，我们共同报答你的养育恩情。月生跟我说了，他病魔缠身，生活自理艰难，更无能劳动挣钱孝敬你们两位老人。为了庆祝你老人家五十岁大寿，他把早年打草鞋、修喇叭积攒的积蓄一分一角交给了我，托我买了一段红灯芯绒，要为你的生日做套新衣服。"

逃
难

李平安送上红灯芯绒布料。

"钱留到自己花嘛，买啥子布，做啥子衣服哟。"唐秋香一边吃惊，一边又点头，看着儿子的模样，心头一阵酸楚，几滴眼泪忍都忍不住像珠子一样一颗一颗悄悄滚将出来。

张铁嘴看了一眼李平安，说："盯不到遭头，今天是大喜的日子，又不是搞忆苦思甜，说些啥子伤心的话嘛。"说着把那段红灯芯绒布打开，走上前去踮起脚尖给唐秋香披在身上："看看看，多漂亮啊，又像当一回新娘，还像个时髦的女蜘蛛侠！"

顿时，唐秋香像披了一件红披风，显得既雍容又华贵，红布的红色映衬在她的脸上，脸红润了许多，好似涂了胭脂。

张铁嘴见多识广，不愧是个精明的"主持人"，一下子挽回了伤感的场面。说："现在唱生日歌，切生日蛋糕。"

两个帮忙的妇女从厨房里端来一个特制的圆泡粑，摆在堂前的桌子上。

张铁嘴解释道："城里人时兴吃蛋糕，我们乡下人就将就点，这泡粑也不比蛋糕差到哪里去。绿色食品，自产自销。来来来，点上五根蜡烛，一根代表十岁哈。"

五根小小的蜡烛，红的、白的、绿的、黄的、蓝的，五颜六色。帮忙的人将五根蜡烛点燃，像五支火炬插在一座山头似的泡粑上，形成一团火焰，象征兴旺，象征红火，照亮了堂屋，映红了人们的笑脸。

唐秋香从椅子上站起来，走到桌子跟前。按照张铁嘴的指点，先是许愿，接着"扑哧"一口吹灭蜡烛的火焰。这时，几个小娃儿学着电视上的样儿唱起《生日歌》："祝你生日快乐，祝你生日快乐……"歌声和掌声有史以来最热烈地回响在刘家院子里，也随风传播出去，回荡在晓阳村的山水沟谷之间。

接着，唐秋香老人手持菜刀将泡粑一分为二，再划分成许多小块。

小娃儿们各分得一块粑粑玩耍去了，大人们开始吃喜酒。其间，张铁嘴还请了城里的唱班，几个妖艳女子穿插在酒席间表演歌舞。音乐沙拉拉，歌声激荡荡；掌声啪啪响，吼声不歇场。

突然，门外来了两个小娃娃，长得清清秀秀，一模一样。

"这是哪家的两个千金呀？"

"这不是对门柳家的一对小孙孙么？"

"快来，快进屋来。"

"我婆婆和爷爷说，今天吃唐婆婆的生期酒，要我们送份人情来。"两个小姑娘走到唐秋香面前，送上一包礼物。

这时，刘为林站起来，不太高兴地说："这个柳老不死的家伙，几十年来都不走动，我看是黄鼠狼给鸡拜年，没……没……没安好心。"

唐秋香接过礼物，摸了摸两个孩子的头发，对刘为林道："老都老了，还计较这些，不看僧面看佛面嘛。快拿两块泡粑来给她们。"

张铁嘴见状，马上打圆场说："大家吃酒，吃酒啊，下辈不管上辈事。"

酒过三巡，划拳的开始高声喧哗，闹腾起来，开玩笑的荤素不论，权当下酒下饭的调料。

只有刘为林，还是那个德行，再快乐的事他都高兴不起来，再悲痛的事，他也伤心不到多久，一个人坐在角落里喝闷酒。而刘月生呢，平生第一次参加如此新鲜的生日宴，并且头一回挺起腰坐上饭桌，他坐在那把夹在两条长板凳之间的椅子上，就像城里那些大宾馆大餐厅专为儿童准备的儿童椅。他虽然腿脚不麻利，总算看见满桌的菜，饱了眼福。

中午的酒席差不多结束，有的客人便向唐秋香告辞走了。镇上的李医生跟刘月生叮嘱几句要用的几种药的用法和用量，便携女儿李冬梅要走。刘月生渴望地对李冬梅说："记着给我寄相片来哈。"

几个闹酒的，干脆拼成一桌，合伙较着酒劲，拼着酒量。一对男女在猜十五二十。男的握紧双拳，盯住女的眼睛不放，女的等他眨眼之间，脱口即喊"十五二十"。"你输了。"一个劲地叫："喝、喝、喝！"

张铁嘴和一个媳妇变换花样猜拳。两人伸出右手
"啪"地一拍，随即"乱劈柴呀，哥俩好呀"。他们
伸出长短不齐的手指，一个叫："五魁首呀，魁就魁
呀。"一个喊："三桃园呀，四季四季！……"

　　张铁嘴输了，端起酒杯："喝嘛，酒个嘛，水个
嘛。喝喝喝，醉个嘛！"

　　这一个"喝喝喝"，就喝到了天黑。

　　这一个"醉醉醉"，就醉得酒客头脑发热。

　　唐秋香忙里忙外，酒没喝一口，饭没吃一碗，还在
灶房里热菜热饭。生怕桌子上的饭菜不够，冷了凉了，
扫了客人的兴，丢了刘家的面子。

　　唐秋香把回锅肉热了一碗，又炒了一盘青笋，特地
为张铁嘴下酒炸了一碟花生米，一一端上桌来。

　　张铁嘴喝了不少酒，几乎两小时没听见他的声音。
他将脑袋搭在桌子上。偶尔听到人们在议论他，才将头
仰起来，故作正经拿筷子夹菜要饭吃。始料未及的是
不知哪家媳妇早有准备开他玩笑，从背后冷不防给他
面前的碗里扣上一瓢米饭。说："看你铁嘴能吞下几
碗？！"

　　这时，张铁嘴醉醺醺地转过头，看见那少妇立在跟
前，站着总比坐着的高，挺着的胸差点挨到他的脸，他
敏捷地开玩笑说："媳妇，这碗饭算不了啥子，我吃不
饱的话，还要喝奶的哟！没记错的话，你就是中午在隔
壁'唱歌'的那个。"

少妇明白张铁嘴开她的玩笑，端起一杯酒，送到他的嘴边，亲昵地说："铁嘴哥哥，来，喝这个，喝呀，喝呀！"

张铁嘴呷了一口，道："好喝，好喝，兄弟媳妇勾兑的奶酒嘛！"

那媳妇也不示弱，开玩笑说："铁嘴呀铁嘴，你是看到碗里的想到锅里的，口水滴答的做啥子嘛！"边说边将胸部贴近张铁嘴的脸。

逗得满屋的人哄堂大笑。巴巴掌拍得"啪啪啪"地响。

且说这顿酒席一吃就吃到深夜，亲朋好友们不知哪来的肚量，哪来的酒量。一边吃一边拉家常，这一吃一摆龙门阵又过去了好几个钟头。正要散席之时，门外突然传来"轰隆、轰隆"几声巨响，把饭桌上的碗筷都震动了。

张铁嘴站起来，丢下手中的酒杯，伸头向门外看去，忽又听见两声闷雷般的巨响，转头说："日他个先人板板，冬天打雷，老天爷又在捉弄人，这个龟儿子天气。哎呀，恐怕是连年都过不好啰哟。"

"轰隆"，又传来一声接一声的巨响，把刘月生面前的一瓶矿泉水震到地上，一直滚到火塘旁边的地窖缝里。

"走啦，走啦，快走吧！我看天不对头，恐怕是要打炸雷。再不走就要在这里与秋香大姐'同房'了。"

张铁嘴边开玩笑边走出门去，心里咯噔一下："哎呀，说漏嘴了！"

李平安扶起刘月生，把他放在火塘边的宽板凳上。

唐秋香对客人们说："天不留客，我也不留你们了！"

没过多久，空气中飘来一股臭味，就像哪家的鸡蛋坏了。

臭鸡蛋味从哪里来的？

联想到刚才震耳欲聋的爆炸声，唐秋香、张铁嘴差不多异口同声猜测说："是不是对面那个打井的钻头，钻到茅坑啰？"

于是他们纷纷跑到院坝中朝远方看去。黑咕隆咚的，看不出什么名堂。过了一会儿，远处传来喊声："出事啦！钻井台出事啦！"

张铁嘴和李平安不约而同地惊呼着说："走，出事了！"

唐秋香转头回屋，告诉刘为林和刘月生："对面的钻井台出事啦！"

三

耸立在高桥镇晓阳村黄泥垭口上的那座属于中石油川东钻探公司，编号为罗家的井架，是年初才竖起开始打钻的。当地的人们还清楚地记得，开钻那天，好多人前去看稀奇。只见那发电机一启动，长长的钻杆开始旋转，钻头便拼命地往地下钻，几钻几不钻，拔出来时，泥浆浆便喷到了地上。张铁嘴还开玩笑地说："你们看那玩意儿，像不像娶媳妇入洞房，灯拉麻汤的哟。"

有人好奇地问："钻啥子嘛，这山旯旮，钻得出宝不成？"

"听说地下有什么气，可以当柴烧，等到哪天钻出来了，我们就用不着上山砍柴了。"

谁知，这一钻，钻了半年多，也没钻出个什么名堂。当时去井架旁看稀奇的人们早把钻井的事搞忘了。

当钻井钻到12月23日天黑之后，井架上的灯光开始放亮，不停地闪烁着，灯光下看得清钻杆在飞旋，工人在操作。因为他们知道，按设计要求和施工进度，很快就要接"地气"了。

这口开发天然气的水平井，设计井深4322米，钻井钻到这天下午2点29分，井深已到地下4049多米，离出气的距离很近了。钻井工人们都非常激动，也许就在今天晚上，不知在哪位手里就能钻出气来。你说，打了一辈子井的钻井工，若能在自己手中亲自钻出气来，那是一件多么幸运和值得骄傲的事。

时针走到21点54分，钻探公司一个地质录井采集工在钻井台上惊奇地发现并立即报告："有溢流！"

当班的司钻上前一看，吃惊地问："溢流？有多大？"

那个录井工惧怕地回答："1.1方。"

司钻有些经验，立即意识到大事不好，马上放下手中钻具。大声地喊："起钻，起钻！"

几个工人七手八脚，紧张起来，顿时感到空气都有些凝聚。

他们都没说话，围着钻杆起钻。当钻具起钻到钻台14米左右时，猛然发现泥浆从钻杆水眼内的环空喷出，喷高5~10米，在钻具上顶2米左右，大方瓦飞出转盘。

"不好，井喷啦！"司钻凭经验大声地喊道。工人们被震住了，手脚无措，顿时懵了。

几分钟后，司钻才从紧张惧怕中醒悟，命令似的说："赶快关掉球型半闭防喷器！"谁知那钻杆内喷势增大，液体和气体"突突突"喷高达二层平台。司钻又下命令道："立即抢接顶驱！"

万万没想到，那钻杆内喷出的液体和气柱，又势不可当地冲将出来了，抢接顶驱不成功。

怎么办？眼看钻具上顶撞击顶驱着火了。

说时迟那时快，只见一个工人冲上去，迅疾关闭防喷器，顶驱上的火自动熄灭，但没想到钻杆内却失控了。

司钻果断地命令："大家快撤，立即向110、120、119报警！井喷失控了！"

"不好啦，井喷有毒！"钻井工人敏感地意识到，

逃难

并大声地喊叫。

紧接着，一边向上级报告，一边丢下工具，撤离井架。两个工人在黑夜中边跑边对井架周围的村民狂喊："井喷了！快跑啊！快撤离！"

喊声在晓阳村山前山后的周围团转震荡、回应。还没上床睡觉的村民们听见喊声，赶忙出门站在各自的家门口看究竟。家家户户被突如其来的"快跑"喊声搞懵了，也不知所措地在黑夜里跟着叫唤，呼喊：

"井喷啦！"

"钻井出事了，快跑啊！"

四

唐秋香家的生期酒席被这意外而巨大的"天雷"声和人的急促喊声中断后，闹酒的客人惊魂四散。

他们边跑边又听见村民们传递出不同的喊声："钻井队把地球打穿啦，快跑啊！"

钻井井架不远处，传来钻井工人一声声嘶哑的喊叫："快跑！跑得越远越好！"

喊声在山谷中声嘶力竭，初闻显得特别刺耳、恐惧，接着仿佛狼嚎鬼叫，阴风惨惨，哀号如哭，凄凉如诉，令人毛骨悚然。

张铁嘴边跑边咕噜："我说糟了嘛，糟了嘛。冬月打滚雷，六月下飞雪，地球不穿个洞洞，憋在肚子里的那股子气怎么也得找个缝缝钻出来，散散心，看看你几爷子还钻不钻！"

他一口气跑回镇上的铁匠铺，抓起他多年使用的那扇锣，准备像以往遇到大事一样去通知镇上的人，又当起"打更匠"，安民告示。

空气中散发的臭鸡蛋味越来越浓，从晓阳村一直飘散到高桥镇的上空。

以晓阳村为中心，高桥镇为重点，几千户人家，上万人开始在冬夜里骚动，他们全不知是什么灾难临头，这灾难有多大，灾难有多深重。始料未及，一场奇灾大难开天辟地头一回降临在这大山里了。

李平安作为晓阳村的村党支部书记兼主任（村长），人熟地熟，深知突发事件来临时自己的责任，他跑回家命令似的对家里人道："钻井出事了，那气有毒。你们收拾一下赶快往镇上跑，我要去钻井台，还要去镇上开会。搞不好要出大事，人命关天的大事！"

他边说边穿上一件棉大衣，拿起手电筒，跑出门去了。

黑夜里的空气中，散发着的硫黄味越来越浓，开始刺鼻子辣眼睛，好似山野的新风放了添加剂，更像防爆的催泪瓦斯。

李平安跑到钻井处，见钻井工人已经离开了出事地点。猛一回头，在慌乱中碰见一个认识他的钻井工人，那人气喘吁吁吃力地说："李村长，你赶快跑呀，井喷有毒！不跑就来不及啦！"

李平安问："会不会毒害村子里的人？"

"当然会的呀，毒得很，闻不到多久就会死人的！快喊村民们跑哇！离得越远越安全！"

李平安得到了事故危害的准信，毫不犹豫回头跑路，边跑边喊："喂，乡亲们快跑啊，井喷啦！井喷有毒，快出门跑啊！"

李平安边喊边跑，心想光喊不行，得挨家挨户去敲门告知他们，这样才救得了大家。

他首先想到的是调头回去劝唐秋香家赶快离开，想到的是刘月生是个病残人，是自己的好伙伴，要是跑不脱的话，必有死亡威胁。

李平安边想边转身跑上山坡，像昔日追野兔似的在坡地上蹦蹦跳跳，一步一丈远，两步跨越一丘田，汗淋淋喘着粗气，十几分钟就返回到刘家院子。"砰砰砰"地紧敲唐秋香家的门。

唐秋香"吱"的一声开了半边门，露出半张脸来，有些惊恐地看着李平安。心想，你哪个又回来了呢？

李平安喘着粗气焦急地说："你们还不快跑，不跑就没命哒！"说着推门进屋，抓住他们的手就朝门外搡。

刘为林回头看了一眼堂屋，知道刘月生跑不动，不知该如何是好。

唐秋香挣脱李平安的手，在里屋的凳子上找到刘月生说："跟我们一起走吧，来我背你。"

刘月生目瞪口呆地看着母亲，半晌才说了一句："你们先走嘛，我有平安来管我的。"

这时，李平安跑过来，跺了跺脚，拉起唐秋香就朝外撵："快走，快走，月生交给我！"

院坝外，李平安看出了他们的心事，急忙交代："你们能走得动的先走，刘月生他走不动，等一会儿我叫人来背。快走，快走，往山下走，走到镇上，去那里搭顺路车！走吧，走吧！我还要去叫别的人家。"

李平安将刘为林和唐秋香"撵"出门，交代几句后又开始跑步前进，朝左面山坡上奔去。刘为林心里清楚，从他手电筒照射的方向便知道，他要去通知柳成奇一家。

唐秋香和刘为林目送李平安离开后，并没有急着往山下跑，而是犹像半晌后又折转身回到屋里，各自去翻箱倒柜，搜取"金银财宝"。

唐秋香在屋里忙乱中说："死老头子，你一辈子都不出声不出气，这个时候还不拿个主意，到底是走，还是不走，出个气嘛！"她一边收拾行李，一边火气又上来了，"吃饭千口，主事一人。你开个腔噻！"

"老……老……老都老了，还怕啥子死……死嘛。我们走了，月生一个人啷……啷个办？"刘为林憋了好久的话才答出一句来。毕竟，他都快七十岁了，走也艰难，跑更无能，何况还要走夜路。

"平安不是说要叫人来帮忙背他么？"

"个个都在逃命，鸭子翻田——各顾各，各人都顾不过来，恐怕没有哪个舅子老表还管你这些老弱病残啊。"

"不管就不管，我们自己走嘛！"

"走就走！"刘为林还没来得及脱去白天穿的那身干净衣服，气愤地提起个包包，朝堂屋走去。推门便喊："月生，月生。"

几间屋子里都没有答应，也没有响声。

唐秋香也朝屋里喊："月生，你在哪点，快吭个气噻，跟我们一起走不走嘛？"

刘为林长长地叹了一口气："嗯，这个屁娃儿，还他妈的不懂事，跟老子躲……躲…… 躲猫猫，活该造孽哟。"

"还不是怪你，他今天变成这个样子。"刘为林有些火气。

唐秋香在门口更火："怪我，怪我啥子嘛？"

"不怪你，怪哪个？都怪你年轻的时候紧倒不生娃儿！生了娃儿，又不好好带，还遭蜂子蛰，弄成个残……残疾人！"

"你说个铲铲，是我不生娃儿？还是你家穷，穷得连裤子都穿不起，年纪轻轻的就得软骨病，雄不起！别个不知道，只有老娘才晓得。哦，现在灾难来了，你就猪八戒打败仗，倒打一钉耙。要不是你家那个时候阶级成分好，老娘嫁错了都不会嫁给你一个龟儿来上门的穷光蛋！"

"不嫁才好哩。早知今日……日……日，何必当初！"

"嗯，要是那个时候给你张扬出去，你连喷嚏都打不出一个来！"

刘为林顿时愣了，戳到了他心灵和身体双重自卑的痛处。看着火塘里还未熄灭的火星，他有些依依不舍，干脆一屁股坐到门口那个石凳上，不愿走了。他始终盯着屋内那个火塘看，要不是院子周围铺天盖地疯狂地叫着"快跑"的喊声，他还半天回不过神来。

这时，山那边又传来"井喷有毒"的呼叫声。

刘为林这才起身去拉了一下唐秋香的手，各挎一个包包，走出大门，连门都没上锁。

唐秋香一步一回头，不停地喊："月生，月生，跟我们一起走吧！"屋内没有回音。

刘为林说："月生是不是被李平安背走了啊？"

唐秋香怀疑地说："我没看见李平安背人走呀，这娃儿躲到哪个旮旯去了？"

唐秋香边说边走，走在前面，用手电筒四周照照。刘为林拖着沉闷的脚步，紧随其后。由于年经大了的原因，加之多年不走夜路，又有疯狂的呼叫声，步步紧逼，他们都心虚慌张，深一脚浅一脚，乱步如履薄冰。

没走多远，刘为林不慎踩虚了一脚，"哎哟"一声，差点摔倒。

唐秋香回头去拉住刘为林的手。他还不服气地说："你各……各自走噻，我走不动了再喊你！"

唐秋香使劲捏了一下刘为林的手说："老了，不中用了。半夜三更的，黑黢麻孔的还要逃命。打啥子井嘛，闯鬼了哟！"

出门不到半里，唐秋香突然掉头说："不行，我们一定要把月生带走！"

刘为林也跟着说："我的猪……猪忘了喂猪草！"

唐秋香顿了一下又说："不行啊，耽误时间，毒气一来，我们都跑不脱啰！"

刘为林有些生气了："过年过节的，什么生呀死……死的，跑得脱跑……跑得脱的，尽说些不吉利的话！"

争论中，两人不约而同回头往院坝走。

刚进院子，刘为林狂叫起来："哎呀，猪……猪嘴里吐……吐白沫了！"

唐秋香大喊："走，快跑！毒气来了，会死人的！"

心惊胆战的他们慌了手脚，不知如何是好。

不一会儿，刘为林倒在院坝边，紧张地喊着："秋香……秋香，我看见钻……钻井台那边有烟。火光在下面照，好像有燃烧的东西，周围的房子也燃了，还冒……冒着黑烟。"

唐秋香看见老伴倒地，也慌了，说："钻井台出事了。你起得来不？我们要快走，平安说要赶紧朝县城方向跑，那边逆风，毒气吹不过来！"

刘为林紧张中又害怕，说："有……有气味了，像皮……皮带烧着的味道！"

唐秋香上前将刘为林扶起，拼命地离开刘家院子。

他们全然不知身后的钻井台究竟发生了什么要命的事情。

五

"罗家井失控了！"

钻探公司高桥指挥中心的工作人员慌乱着，坐立不安！

"喂，喂，你是李经理吗？我是公司老吴。"

"对，对，我是小李。"

"你立即组织井口附近的老乡和钻井职工疏散，撤离到安全地带，要快！同时，设立警戒线，增加一个风向标！注意，保障安全！"

指挥中心的吴总放下电话，毛焦火辣地三步并作两步去公司会议室召开紧急会议，他焦虑不安地做出决定：成立一个抢险领导小组，立即出发赶往现场；马上电话向安监部门报告井喷险情，并帮助疏通县城至高桥镇的救灾道路；还要紧急调配抢险物资运往现场。

指挥中心刚布置了抢险救灾任务，门外的高桥镇上已经有人在跑动，紧张的空气似乎也加快了流通速度。

一个钻井队队员气喘吁吁找到镇长的家，"啪啪啪"地使劲敲打房门。

"我是钻井队的，气井井喷了，请镇长帮助把群众疏散到五公里以外的地方！"

"哎呀，半夜三更的，好多人家都睡觉了，啷个办呢？"

"快呀，井喷有毒，要死人的，我们已经有两名钻井队员昏倒了，慢了就来不及了！"

"好，我们马上去通知！"

他们正说着，晓阳村村长李平安上气不接下气跑到镇长跟前："不好啦，不好啦，钻井发生井喷了。满山满坡都闻得到一股烂鸡蛋的臭味，我已经通知井旁的十多户农户撤离，那些住在山后的，路远些，我一个人跑不过来，你看咋个办？"

"敲锣、打电话，都不行的话，就集中在家的强劳动力上山挨家挨户敲门。告诉大家，井喷有毒，不走的话就要死人的！"

突然，传来"哐当哐当"两声锣响："大家赶快出门跑啊，井喷漏气了，不跑就没命啰！"

敲锣的人是镇东头河边那个铁匠铺的张铁嘴，他已经从山上喊到山下，回到镇上呼唤居民撤离家园。

晓阳村钻井发生井喷的消息，像风一样吹散到方圆十里的乡镇和山村，也很快传递到县政府值班室。电话铃声急促响起。钻井队报告高桥镇晓阳村发生井喷，请求立即派公安、消防、医务人员赶往现场，紧急疏散周边群众，救治昏厥人员。

井喷事故的消息以最快速度传到重庆，传到北京："K县发生井喷事故！"

指挥中心的吴总率领处突人员迅速赶到井喷现场。电波闪动，手机、座机，电话往来不停不断，就像在打仗的指挥所一样，乱麻了。

一边在喊："组织人员抢险，一定要戴空气呼吸器！"

一边在命令："立即停泵！停掉柴油机！关停发电机！"

一边还在提醒操作人员："如果人进不了现场，就马上关掉油罐总闸！"

出事的井架上，接到指令的工人围了过去。只见井台上的几个工人冲到钻孔前，他们已经发现提升钻具的吊卡与吊环分离，有人声如洪钟般地大喊："井喷失控了！"

喊声是生与死的警钟，分秒必争。喊声就是命令，钻井队队员见状，三步并作两步，一个个飞一样地全部撤离井场。

井喷失控，毒气散发，纷飞无定，染之易伤，闻之要命。事态越来越严重，已经威胁到方圆十里的整个高桥镇了。

这时的镇上，已经熟睡了的上万人在惊恐中纷纷从床上爬起来，被突如其来的喧闹声搞得懵懵懂懂，不知发生了什么天下大事！

"快跑啊，快跑啊！"喊声震耳欲聋，弄得一个个家庭倾巢而出，大人小孩晕头转向，丈二和尚摸不着头脑，半夜三更不知闹了什么鬼，也不晓得哪里是出路，更不晓得往哪个方向跑。

镇上的人，从背街小巷，倾巢而出，蜂拥奔跑，汇聚到主街道上。只见汽车、摩托车、三轮车乱成一团，就像一场战争打响，兵临城下，要冲出围城。

"大家挤一挤，不要拿东西，活命要紧，快搭车跑！"张铁嘴一边吼一边敲锣。

一辆装满大人小孩的农用车驶到跟前。"铁匠兄弟，叫他停一停，把我们搭上一段嘛！"已经有气无力的唐秋香发现张铁嘴，大声地喊，请求帮忙。

张铁嘴一听是唐秋香的声音，随即"哐当哐当"敲起响锣。

"停一停，把两位老人搭上！"张铁嘴边敲锣边喊。

可是，那个开车的司机装作什么都没听见，反而加大油门，"轰轰"几声跑了，只见车尾"突突"地冒出一股黑烟，扬长而去。

张铁嘴有些气愤，"哐当哐当"又使劲敲了两声锣，骂道："狗日的，在高桥镇上，还没有哪个不听我张铁匠的！看来，要命时，打铁要靠本身硬啊！"

"哎呀，不信，老子打个电话叫侄儿开个车子回来，把我们全都装走！"他边说边"喂喂"打电话。接着对唐秋香说："大姐，你们跟着人多的地方走吧，有车停下来就搭啊。"

唐秋香不知所措，又气又急地问："我们这是往哪里走嘛？"

"井喷相反的方向，朝县城走！"

"那你们呢？"唐秋香又问。

"镇上的人走得差不多的时候，我这锣就不敲了。你们先行一步，我跟着就来。"张铁嘴说着朝镇西头去了。走着走着突然回头问了一句："月生怎么没跟你们一起走呢？"

刘为林回话说："他走不动，还在家里的。"

张铁嘴摇了摇头："晓得了！"

唐秋香看着张铁嘴边跑边敲锣的背影，停住了脚步。刘为林拉了一下她的衣襟，说："他不要命，我们还要……要命哒，各自走吧！"

六

唐秋香和刘为林没有搭上车，心里有些埋怨自己人老了，腿脚不灵，只能在慌乱中慢慢走了。走着走着，他们就走出了镇上，走到了小河边。走着走着，仿佛走回到了年轻时候，往事像河水打滚，扑上扑下，只在心头激荡，不在脚下使力。他们实在走不动了，干脆坐在河边歇歇脚。

不多一会儿，唐秋香被行进于逃命途中的人们警醒了。她用手电筒晃晃前面的路，起身对刘为林说："我们起来走吧，走慢点，要不然你看后面的人追上来，把我们丢在后头啦！"

刘为林喘着粗气回答说："要是李平安在就好了，他会背……背我一段路的。"

且说此时的李平安，他接到疏散群众的正式通知后，快步跑到晓阳村山后去了，再次挨家挨户敲门，通知村民撤离。

他走过张家，来到刘家，喊了赵家，敲开了熊家的门，一户一户做撤离疏导工作。

李平安来到柳成奇家。柳家自建的房屋坐落在山腰，离钻井台要远几千米。李平安见门开着，看见老人还带着孙子和孙女在家烤火，若无其事，儿媳妇及兄妹们正在收拾行李。进门后，有些气愤地发火："我在电话里就叫你们快跑，不要命哒？镇上已通知所有的人都要撤离到五公里以外的地方，那里毒气才吹不到！"边说边去拉老人和娃儿往外走。

柳成奇不愿出门，低着头说："跑啥子嘛跑，我都大把年纪了，怕什么死哟。尝一哈死的滋味，多安逸嘛，死不掉的！"

李平安气极地跺脚："这是上级的命令，不走不得行！"说着一把将老人抓过来，扯起手就往门外走。他们慌张地一走，没想到将老妈妈马尚凤只身留在了屋里。

李平安牵着柳成奇在路上奔跑，边跑边喊："小娃娃们跟在我后头，一个都不能丢在半路上！"

李平安和柳成奇经过刘家院子屋后的小路时，不好意思地扯了两下李平安的手说："不牵了，不牵了。我还能走得动的嘛。"

李平安确实也累得不行了，松开柳成奇的手。

"让我和儿媳妇及孙孙们自己走吧，你还要去忙别的事啊。"柳成奇感动地说。

"那好，你们要小心啊。走到镇上，有车的话就顺便搭上。"

这时候，李平安的电话里传来消息，县里的救灾指挥部和石油勘探公司已经紧急做出决定：井喷要实施点火方案，让喷溢的硫化氢燃烧，减轻毒气飘散！

李平安一边接电话一边快步去半山上，那里还有两户留守人家的老人。他完全把背刘月生的事给忘记了。

走到半路，头昏眼花，一跟斗摔在地上，昏倒了。

眼前，模模糊糊，昏昏暗暗，凄凄惨惨，阴风阵阵。此时，好像他是一个人的天下，一个人的夜晚，一个人的村庄，一个人的责任，一个人的担当，一个人的坚强！

李平安是一个硬汉，年轻时读了些书，知书达理，心地善良，好求上进，二十多岁时就入了党，成为镇上的先进。他娶了当地大姓廖家当小学教师的幺女为妻。他当村长都有好多个年头了，村民们总舍不得换他。他不但乐于为老百姓办事，也热爱自己的家庭。此时的李平安仿佛看见女儿还在写作业，作业本上还有最后几行字没有写完。她实在太累了，累得眼睛发红，睁不开，趴在桌子上睡着了。他开玩笑地喊："幺儿呀，天亮了，该上学了，你看太阳都晒到屁股啰！"

可怎么喊都喊不答应，跑过去抱起女儿，只见她口里还吐着白沫，手不动，脚不动，嘴不动，李平安大吃一惊："哎呀，幺儿生病了！幺妹，幺妹，女儿生病了，你怎么搞的，你在哪儿？"

喊老婆，老婆没答应，于是在屋子里找，老婆在衣柜边倒在地上，尚未收拾完的衣物，整整齐齐地摆着，她也睡着了。

李平安上前去拉老婆，老婆不起，他懵了，不知家里发生了什么事，自己也吓得晕了过去。

李平安在昏迷中仿佛看见：廖幺妹带着家里的老老

少少一家人，还有许多学生逃奔在乡村机耕道上。其实此时的他，全然不知家里后来发生了什么，不知村里村外，十乡八里还发生了些什么。

他在等廖幺妹的电话。

"丁零，丁零"，电话铃声不停地响着。一阵"嘟嘟嘟"的忙音过后，又"丁零零"响起。他伸手去摸摸，还有声音加振动的手感，他下意识地将手机送到耳边，猜到是廖幺妹打来的电话。听筒里，廖幺妹在说："平安救灾去了。我们什么也不要拿，跟我一起朝县城方向走！"

女儿在喊："妈，好大的臭鸡蛋味道！"

廖幺妹后悔莫及，感到事态不妙。黑夜中，她打开手电筒，照照四周，发现婶婶已经倒在院坝边上，伸手去拉，拉不动；院坝边的小路上，二叔也倒在那儿，不吭声了。

廖幺妹急了，拉着女儿要跑，又担心公公婆婆。她使尽力气想喊，在慌乱中发现他们双双倒在前面。她自己也好像中毒似的，两腿无力，渐渐地瘫倒于地。

公公似乎有些经验，用微弱的声音说："幺妹，你把娃儿的脸翻过来，脸扑倒有湿气的地方。"

廖幺妹听得见，就照公公的叮嘱做了，可嘴里怎么也说不出话来。她把女儿紧紧搂在怀里。不一会儿，她感觉身上有一只手在摸，当摸到她的头时，使劲地往地上按，让她接地气。她下意识地确定，这是公公在救她们母女。

廖幺妹昏迷了，好像做了个梦，梦见公公倒下，趴在他们面前，脸上被石子划了一条口，流着鲜血。梦见婆婆倒下后，挣扎着对她说："幺妹，把我那件衣服拿去把头盖一盖，你要护着娃娃哟。"

说着，婆婆爬到跟前，脱下衣服，把幺妹和孙女的头盖得严严实实。

梦魇里，廖幺妹听见侄儿、侄女们疯狂地喊："爷爷……奶奶，婶婶……哥哥，快背背我，我走不动了，头昏！"

说着，在寒冷的、恐怖的、呼天喊地的哀鸣之夜里，奔往逃难的路上又多了一户人家。廖幺妹的公公打着手电筒，照亮老伴脚下的路；二叔也打着一支电筒，带领一家大小前进；她自己将女儿牵在手上，十几口人扑爬跟斗地在机耕道上夜行军。

半夜，一阵刺骨寒风刺激了廖幺妹的神经。她猛然从失忆中苏醒了过来。可眼睛睁不开，很困，很乏。她使劲地睁，就像患了眼疾，被一层层眼屎糊住眼帘。她拼足劲睁，终于睁开一条缝，觉得眼前一片模糊，原来是手电筒闪着一道道红丝丝。定睛细看，眼前是一片菜地，手能摸到一棵青菜，便伸手去抓，好不容易抓到一片菜叶，有意识地往嘴里送，拼命地嚼吞，这才知道自己还活着。

此刻，廖幺妹有了记忆，她看见电筒的红丝，仿佛看到小学校操场上的五星红旗。她判断自己还在院坝边沿，对面不远是小学校。想到学校，就想到学生，想起自己的孩子。她似乎意识到身边还有什么东西，又差了什么。用手一摸，女儿还在怀里。摸摸她的头，脸上有泥巴，便轻轻地抹掉，喊叫她的名字，可怎么也没有答应。心想，孩子也累了，定是睡着了。

廖幺妹脚炕手软的，使出吃奶的力气，伸手拔了一片菜叶送往嘴里嚼，并吞进肚里，这下有了些精神，于是拔青菜嚼后敷在孩子的嘴唇和鼻子上，但仍不见有反应。她意识到孩子被寒冷的天气冻僵了。她用力抬起头，在微弱的电光中，看见女儿的嘴角上有白沫，立马用嘴去拼命吸，想把白沫吸出来。可孩子身上冰凉，头也不动了。

七

远处的灯火像萤火虫般在低空飞行，嘈杂的声浪，此起彼伏，还能断断续续听得见张铁嘴的锣声，偶尔相伴着几句临时编就的顺口溜：

> 霹雳一声井喷响，
> 狱火毒气在叫嚣。
> 臭气吹向晓阳村，
> 事故惊动党中央。

救命锣声好响亮，
声传万里响当当。
呼唤百姓逃难啊，
毒魔来了不可挡！

张铁嘴的锣声已经将镇上的人们几乎送走完了，突然，镇上的一个干部模样的年轻人追上来，对他说："张大爷你走吧。北京和市里、县上的领导都晓得我们这里出事故了，已经派人连夜赶来救灾。你赶快走吧！"

张铁嘴固执地说："你先走噻，这里的情况我比你熟悉。"

那个年轻人说："那不行，你们一个没走，我们谁都走不脱。"说着伸手去抢张铁嘴的锣。

张铁嘴有些火了，气愤地说："你娃才脱几天叉叉裤，就来跟我冲浪，老子在高桥镇认得的人比你认识的字多。你以为挖个囟囟就可以屙屎屙尿哇！听我的，你娃各自先走，免得抹了你的乌纱帽！"

那个年轻人不服气，上前一步估倒要拉张铁嘴走。

张铁嘴火气更来了："你跑来批垮卵垮的做啥子？你各自走到起噻！"

张铁嘴说罢，又"哐当哐当"敲起响锣。可他的锣声已经有气无力，弱不禁风，传不到多远，更传不到刘家院子了。

张铁嘴敲着敲着，突然"哐当"一声把锣扔在地上，自言自语地说："遭了，刘月生还在刘家院子！"

　　说着，从腰间抽出一条毛巾捂着嘴巴，放开脚步朝井喷方向跑去。

　　张铁嘴气喘吁吁地跑到刘家院子屋前一看，门还开着。

　　"砰砰砰"紧敲几下门框，没有回应。"月生，月生，你在哪里呀？"

　　屋内没有响动。

　　"月生呀，月生！我是你干爹，你听见没有？"张铁嘴喊了几声，接着"砰砰砰"地使劲敲，还是没有回应。心想：这个死娃儿，又在躲猫猫嗦？

　　模糊中看远处，还有灯火闪烁，听得见还有声嘶力竭的余音："快跑啊，毒气追来啰！"

　　张铁嘴心想，刘月生要么已经被别人背走了，他也没有更多的时间和精力去找到他的下落，自己已经累得皮耷嘴歪了，只好拖着无望和无奈的沉重脚步，艰难地离开了刘家院子。走着走着，一步一回头，仿佛空气中散发出的是催泪剂，眼泪止不住地流了出来。

　　上万人的逃难之路。路漫漫，夜茫茫；鬼神悠悠，步步紧逼，甚至一步一个鬼神！李平安和张铁嘴没有想到更惨的悲剧发生了：

　　晓阳村三组张姓人家十四口人，八人已经喊不答应；高旺村姓廖一户十口之家全没了声音；正三村有位老者抱紧电视睡大觉。说：要死是逃不过的，不该死的无论如何也不得死。他死守院中不离家，是怕强盗上门偷他家的电视机。他三番五次把电视机抱进地窖，又三番五次抱出来，确信无人过路时才放在堂屋的桌子上。没想到他死时还紧抱着电视机。

那一条条看家狗，跑出去的倒在路上，被铁链套着脖子的，没了逃生的机会，与主人一齐睡在屋檐下。

……

黑色的夜，黑色的毒魔，黑色的空气，黑色的山路。以晓阳村为中心，逃离的人有的倒在上坡的路口，有的扑在下坎的坡边，有的头朝东，有的脚向西，将生命搁浅在逃难途中。在求生的路上，活着的人慌张、惊恐，闪念之间，也就生死两茫茫了。跑得动的人和走不动的人，同一种心态，同一种气馁。悲观、悲情、悲愤，油然而生。好似悲观之歌在这悲愤的夜晚一遍又一遍疯狂地演唱，一句一句，振聋发聩：天也空，地也空，人生渺茫在其中；日也空，月也空，东升西沉为谁功？田也空，屋也空，换了多少主人翁！金也空，银也空，死后何曾握手中。妻也空，子也空，黄泉路上不相逢。朝走西，暮走东，活着时像采花蜂，采得百花成蜜后，井喷来了一场空！

面对生与死的选择，逃难的受灾群众虽然一腔悲观，满目悲愤，股股悲情，但为了活命，不能等死；只有奋力逃离，寻找一线生的机会！

"背离井口……向高处走……逆风跑！"喊声时而从呼啸的寒风中隐隐传来，时而不断地警醒着逃难的人们。

　　火把、手电、汽车灯、农用车灯、摩托车灯，织成火龙，在弯弯曲曲的山间晃动，不时摇来摆去，在大巴山深处手舞足蹈。逃命的人们从四面八方汇聚到通往县城的公路上，许多人在不停地咳嗽，不停地流眼泪；有的已经痛苦地在大声叫喊"头痛、胸闷"！

　　通往县城的公路上，警报声、喇叭声、哭喊声，此起彼伏，一条大道似银蛇飞舞，如火龙转山，搅动了整个大巴山，震撼了天下半边漆黑的夜。

　　这是一个恐怖之夜；

　　这是一个生死之夜；

　　这是一个搏斗之夜。

　　几万人的汇聚，

　　几万人的恐惧；

　　几万人的奔逃，

　　几万人的期盼，

　　汇聚成一线希望：

　　朝县城走！

　　生的机会更多，

　　活的把握更大。

逃

难

八

黑夜里，受灾的群众拼命地朝县城奔跑；救灾的队伍火速赶往K县。高速路上，红色的消防车闪着警灯，绿色的军车警车撑着篷布，白色的救护车拉着响笛，还有标有安全监察、环境监测的车辆……一辆接一辆，一队紧跟一队，风驰电掣，彻夜奔驰。很快，救灾队伍聚集到K县县城待命。以一名副市长为救灾指挥长的指挥部连夜在K县政府成立了，马上展开处突工作。

井架附近的村民被迫转移后，剩下的是先遣赶来抢险的工程技术人员。他们身着特殊装束，像外星人突然降落地球，围在井架周围。钻井平台上，第一批救灾人员在黑夜里紧急上阵，听候命令。他们全副武装，只能从声音中辨别出他是何方神圣，属于哪个工种的尖兵。

点火方案已下达。有一个洪亮的声音在命令武警战士做好准备："带一支步枪、一支信号枪、数枚信号弹！"

"出发！"武警战士刚迈出矫健的脚步，没想到那毒气越来越浓，污染扩散范围越来越大。为了尽快点火，他们奋不顾身，跑步前进，准时到达作业地点。

在距井口二十米的地方，只听得"开始！"一声令下，那魔术弹"嘘"的一声飞出去了，但由于井喷喷势太大，气浪和泥浆将火焰淹灭，点火不成功。紧接着，实施第二套方案。

抢险人员在镇上找到一批礼花弹，火速送到现场，在距井口七十米处，武警战士用礼花弹实施第二次点火。

只听"砰砰砰"的几声，数枚礼花弹飞将出去，火星一闪，直奔井口喷出的气霭，接着发出"轰"的一声巨响，毒气引火烧身，瞬间膨胀，火星成团，火团成炬，火炬成堆，火堆成球，火球像早起的太阳从黑暗中冉冉升起，发射出殷红的光。渐渐的，那光红得发紫，红得喷薄，红得汹涌……烈焰熊熊，顿时烧红半个天空。

"点火成功啦！"人们发出一阵疯狂的欢呼！

此时此刻，从地层深处喷射出来的毒气火热地燃烧起来，与空气的接触，变幻成火焰，燃烧着释放出"胸"中的郁闷和压力！抢险人员顿时松了一口气。一个个仰天长叹："我的天哪！"

"井喷点火成功！"稀释了大量毒气的消息很快传出去，也传到许多正在逃难路上的人们的耳朵里。但是，已经喷涌释放出的硫化氢还在空气中飘荡游走，随风侵袭万物，杀机四伏。

九

离井口较近的高桥镇死一样的沉寂。

撤离的居民按照上级的指示，一路从正坝镇到敦好镇，再集中到县城；另一路从高桥镇到齐力镇，再到四川的X县。

逃难的夜显得特别漫长。有人形容那个晚上的情景：山野的风，轻轻地吹；有毒的烟霾，慢慢地散；远去的人，淡淡地别离，留下我们幽幽的叹息。

远去的人将一生的记忆全都带走了，留下的人把记忆留在了惊心动魄的寒风晓雾里。

逃难的人们仍在黑夜的路上奔跑、挣扎、求生。随时有人将生命搁浅在逃离的路上。

李平安醒来后，脑子里仿佛看到村子里还有许多人家没有撤离，他挣扎着还要去挨家挨户去喊门。

喊不答应的，他用手机一家一家拨通电话，确认无人后才放下心来。

李平安背出一位老人，交给救援人员；不久，他又从另一家背出一个残疾人。在离镇不远的路上，他看见一辆小轿车疾驶过来，他毫不犹豫地往路中间一站，挡住去路，没想到那车一点速度不减，直直地冲了过来。

"停车！停车！"李平安使劲地喊。

也许那个开车的人看见前方的"障碍物"是人，这才将车停下。

李平安一看那个开车人戴着口罩，严厉地说："不能进去，毒气很严重！"

开车的人不听，还强词夺理："我的老母亲还在屋里，我不能让她待在屋头不走……"

李平安上前强行拦住车头："我是村长，我不能看见你再去送死！"

没想到那个开车人"轰轰轰"加大油门，愤怒地说："我死也要去接她！"

这时，李平安似乎才听清楚开车人的声音很熟悉，啊，他是柳成奇家的大儿子柳娃。

于是大声喊话："柳娃，你回来，你老子和媳妇他们已经跑出来了！"柳娃这时也似乎听见了熟悉的喊声，头也没回，边答应边飞奔而去："我晓得啦！"

李平安目送走风尘仆仆的轿车和柳娃，心想他为了他的母亲，真不怕死哩。汽车的声音消逝后，路上再也听不见声响了。

李平安没有看到那个洪流般的逃难情景，他在尾随的途中，倒于半途，被寒冷冻醒了。他铆足劲想爬起来，可怎么也动不了身，眼睛有些辣乎乎的感觉，手脚开始不麻利了。

旁边似乎有脚步声的响动……

脚步声越来越近……

眼前有灯光闪亮……

李平安放开喉咙喊，可声音嘶哑了："救救我呀，还有许多村民没有离开家啊！"

从远处赶来救灾的几名石油工人戴着呼吸器和眼罩听见喊声跑过来："有人，有晕倒的人，赶快把他送到县城去！"

逃难

李平安已经累得不行了。救援人员发现他时，他手里的手机还有一个未拨出的电话号码。

救援队员正要往前走，突然发现前方有人影闪现。

"站住！别往那边跑，有毒气，老乡！"

那人影听见有喊声，吓得屁滚尿流，像兔子一样一步蹦出丈多远，落荒而逃。

救援队员上前发现，有十多名被硫化氢夺去生命的村民横七竖八倒在路边。他们的钱包、手表、项链、手机和背包散落一地。

情况不妙！不光有死人，还有人在偷抢死者身上的财物。赶紧报告！

电波在夜空中无形无影地奔流，飞速传递着灾区的信息。

"报告，现场发现许多死难人员！"

"报告，有人偷拿死者身上的财物！"

……

十

逃出染毒区的受灾群众还在路上疲于奔命。

张铁嘴只身跑去刘家院子，没有找到刘月生的下落，心灰意冷软绵绵地回到铁匠铺。

这时，他的侄儿张善连夜从县城开着大卡车回来了。

不由分说，张铁嘴拉起老母亲就抄近路往镇外一条通往县城的峡谷小道上逃命。谁知，他的人缘好，心肠软，一路上，见人就叫停车，将路人统统带走。

　　唐秋香和刘为林在高桥镇上没有搭上农用车，气愤地走出街道。在小河边休息了一会儿，又开始逃难的历程。刚走上公路，只见一辆货车开了过来，也许这是从高桥镇开出去的最后一辆车，他们的心一横，往路中间一站，强烈要求搭车。

　　开车的人似乎见过两位老人的样子，"嘎咻"一声把车停下。已经装了满当当一车的人，大人娃娃叽叽喳喳，喊着："快跑呀，快跑，毒气就要追上来了！"

　　唐秋香和刘为林被车上的人七手八脚拖进车厢里。

　　上车后，他们模糊中看见昔日的邻居柳成奇和他的儿媳及孙子们都在车上，顿时尴尬起来，虽然没来得及打声招呼，心里却忐忑不安，双脚不由自主地随着车子的颠簸，渐渐挪动到栏杆边，双手死死地抓紧车厢的栏杆，脸向后看，把眼前的窘态和黑暗的家乡甩在身后。

　　祸从天上来，毒气见风长，无情地追随着逃亡者的脚步。这时，空气中的怪味，已经非常严重。只要闻到，心里极不舒服，头会晕乎乎的。张善把昏沉的父亲放到驾驶室里，开足马力拼命往前飞奔。一路上人们像蚂蚁没了领头军，乱了方阵，见有车子路过，就拼命拦车，拼命地往车上挤，很快将车厢挤得满满的。

　　冤家路窄，路窄侧身过。万万想不到冲出毒魔肆虐的最后一辆车，竟把刘家院子原来一起居住过的三户人家装进了一个车厢里，不知是天意，还是巧合。

汽车在凸凹不平的"鸡胸路"上奔跑。跑了一段路后，头昏脑涨的张善感觉到空气中没有了怪味，担心超载，更怕爆胎，就把车停下来，休息一会儿。车上的大人小孩，男女老少，都是些邻居，有的喊累，有的叫冷，有的在问："还要走多远才安全嘛，啥子毒气，这么凶哟？"

过了十几分钟，张善又闻到空气中的臭鸡蛋味来袭，心一惊："糟了，毒气顺着峡谷追上来了！"于是赶快上车，"当"的一声关好车门，"轰轰轰"加大油门往前冲。

跑出几公里后，人已累得不行了，张善想这下没事了，于是将车停下来。哪想到，那毒气好像长了翅膀似的又迅速追了上来，散发出臭味。他不敢再停车了，又再加足马力猛跑，任凭坑坑洼洼的不平之路，车簸人颠。颠簸中，张善感觉到眼睛发花，手脚渐渐有些不听使唤了。眼睛像患了色盲症，分不清颜色，聚不拢焦点。

本来不太明亮的车灯，使张善眼睛越来越模糊，刹那间，他感到手脚和大脑都开始麻木了。汽车快一阵，慢一阵，在路上扭起秧歌。

"哐当"一声巨响，车子冲出道路，连同车厢里的几十个人，一头栽到了公路边的小溪里。

冰冷刺骨的溪水，虽然不及膝深，但能使人在短暂的刺激中清醒过来。这时，张铁嘴也被冰凉的溪水激活了，他从驾驶室里钻出来，听到人们乱哄哄的，便大声地喊："大伙互相拉扯拉扯，上岸就好了！"

　　张铁嘴猛然回头，用责怪的口气喊侄儿："张善，你跟老子开的啥子车嘛，把车开到这河沟沟头！"张善没有答应。

　　张铁嘴伸头定神一看，车头上的挡风玻璃碎了，侄儿趴在方向盘上，老母亲的头也贴在破碎的玻璃上，到处都是殷红的鲜血。

　　张铁嘴急了："糟了，他们受伤了！"

　　乡亲们把血骨淋当的张善和老母亲从车头里拖出来，放到河滩上。张铁嘴伤心地说："哎呀！你们各自先走吧，毒气很快会追上来。"

　　柳成奇弯着腰，疲惫不堪的他，半晌才说："铁嘴兄弟你要照顾好自己。"

　　刘为林和唐秋香听见张铁嘴的声音，想必又有了逃命的信心，放大声音打招呼："铁嘴兄弟，我们这回要同你一起走了！"

　　这时，刘为林一只脚跪在水里，一只手被人拉扯着。当唐秋香跨过去帮忙时，猛然发现拉扯刘为林的原来是几十年来都不当面讲话的冤家柳成奇。

　　柳成奇一边拉，一边说："上岸快把棉裤的水拧干，不要着凉了。"

刘为林借着他的手力，用劲一撑站了起来，转头看了看柳成奇，想说点什么，想开的口又强忍着，嘴巴紧闭起来。那个瞬间，只觉天地一片冰凉，河水一片冰凉，但他们各自感到手与手之间的接触已经有些温度和暖和。那个尴尬的感觉，就像蚂蚁在肌肉上爬似的，骤起鸡皮疙瘩，刺激着数不清的神经和千千万万个细胞。

人与人之间，许多时候往往因一口气不顺，恩仇记取几十载，明争暗斗几代人。但在大难临头，共同与自然搏斗，求取生存的时候，度量会突然膨胀，大得可一口吞下历史，吞下恩怨，吞下整个世界。柳成奇在逃生路上对唐秋香和刘为林说："你们先走，我熟悉这段路，慢慢来。"

落水的一车人互相搀扶着，爬上河岸，拧干了被河水浸湿的衣裤，忍着寒冻，又艰难地开始新的逃生路程。

他们沿着公路前进，不一会儿便前前后后走散了。

唐秋香和刘为林跟在柳成奇一家人的后面，没有说话的声音，只有喘息的声响在夜空中传递，相互感应着心灵，感应着天地。

柳成奇想：你龟儿刘为林，老子拉你一把，你连屁都不放一个，连个"谢"字都不会说。你他妈的真是脑壳里头长包啊。

而刘为林也在想：你狗日的柳成奇，害得老子差点家破人亡，不就是为了那几滴水和几间房子；你一辈子除了趋炎附势、仗势欺人，还有啥子本事，叫我如何买你的账嘛？

唐秋香想的就跟他们不一样：这些大男人，度量小起来还没猪尿泡大，记仇记恨，争个你死我活，不晓得哪根筋扯不伸展，就不知道一言解千仇这个理！还是她理解男人的心理，假装"嗯嗯"两声说："你们两个老男人走慢点，连娃儿们都跟不上了。离县城还有几十里路，要是力气用完了，你们都得像只乌龟爬着走哈！"

没想到，唐秋香的一句玩笑话，把两个老人逗得"扑哧"一声笑了起来。笑声打破了几十年的僵局，也打破漫长黑夜和毒魔威逼的紧张气氛。

唐秋香和柳家大小与别的逃难者一样，走啊走啊，深一脚浅一脚，拼命地向县城方向走。

突然，前面闪出一道光来，原来是一辆警车闪着警灯疾驰而来，在逃难者面前"哧"的一声停下了。

"哪个是老人，走不动的上车吧，我们送你们到县上！"车上的救援人员说。

救援人员说："有没有姓柳的嘛？姓柳的快上车！"

柳成奇一看闪着警灯，脱口便说："警车呀，警车我不坐，那是装坏人的！"

柳成奇的儿媳妇见父亲介意，就说："爹，就让他们先走，他们的年纪最大。我们带着娃儿一齐走，肯定还有救援车来的。"

刘为林也站出来说："装……装……装坏人的车我也不坐！"

司机不高兴了："你们到底走不走嘛？哈戳戳的，命都不要哒！"

唐秋香走到车门边说："既然柳家兄弟不愿坐车走，我们就先走一步，反正也走不动了！"

推辞中，刘为林、唐秋香战抖着被司机拉上警车。

警车"哧哧哧"掉头走了。汽车在飞奔，晃得唐秋香和刘为林身体动荡，晃得他们心胸动荡，晃得脑子动荡，晃得思绪动荡。

车窗外，柳成奇一家的影子在晃动，他们的心里有一种说不出的滋味。不打不相识，几十年的恩怨没想到在这生死一念间全都化解了。

唐秋香不知道刘为林在车里还在想：这毒气一来，全都离开了家，这一去又不知刘家大院会变成个啥子样儿？

刘为林凑近唐秋香耳边轻声说："你……你说柳成奇这个人，我们几十年来都不讲一句话，有杀……杀父之仇啊，他为何偏偏在这时候要来拉我一把，还要让我们先坐……坐车走，就连他自己的孙子也不让跟别人走？"

唐秋香说："是不是他亏心事做多了，老来后悔？"

"我看这人是要……要走绝路了，心……心照不宣啊！"

"你这个人，一辈子都不知好歹，明明别人把生路让给你，你还要勒么那样的，真是遇得到啊。"

"唉，要是遇不到他就好啰，我们岂止只有一……一个娃儿月生呢！"

刘为林想起此事，气得说不出话来。

柳家大小看着刘家老两口坐车走了，各自在公路上走了一段路，都感到体力不支，尤其是两个双胞胎娃娃，一个要背，一个要抱，为难了大人。

柳成奇对儿媳妇说："娃儿都走不动了，我们从这条小路爬上山去，要近好多路。这路我熟悉。"

儿媳回答道："你这么大年纪了，爬山肯定很累，要不就在马路边休息，等到天亮。"

"万一那该死的毒气又追上来，我们不就完蛋了。快走吧，这条路我熟悉。"柳成奇艰难地拉着孙子的手便开始爬山。

孙子问："爷爷，我们往哪里走呀？"

"别问爷爷了，爷爷都这么累。"

"累了，干吗要跑呀？"

"井喷啦，井喷有毒，毒气会毒死人的。"

儿媳妇拉着孩子的手，气喘吁吁地回答着。

爬着爬着，冷风袭来，浑身好不凉爽，冷汗和虚汗一混合，内衣里都拧得出几滴水来。

黑夜中走山路，已经几十年没有过了。走着走着，

逃难

柳成奇仿佛脚下的路越走越熟悉，连脚下坑坑凹凹都分得清楚，尤其是路两边的稻田和山地，哪里是埂，哪儿是坡，了如指掌。突然，他双脚一软，扑通一声倒地，仿佛回到了年轻时的岁月，回到了那个饥寒交迫的年代，回到了那个"偷梁换柱"的月夜。

柳成奇想着想着就像当年那阵，没了力气，连话都说不出来了。他喊身边的孙子，孙子也没有反应，紧紧地靠在他身上。

柳成奇伸手抓地上的草，使完劲也抓不到一棵，眼睛睁不开了，鼻子里流着清鼻涕，渐渐地不省人事。

儿媳妇在柳成奇的后面，带着最小的女儿。

空气中不时飘来浓浓的臭鸡蛋味，朦胧中见公公倒地不言语，挣扎着向前去，没想到自己也斜着倒在了地上，脸朝着天。

柳成奇模糊中感觉到是儿媳妇倒在了身旁，伸手往地上一摸，将她的脸扳来朝地，下意识认为这样会避开毒气。他自己却越来越迷糊，像做梦一样。他想，世人都说，人要死的时候，会出门去收足迹，把一生走过的地方重走一遍。自己这次是不是死期到了，来此地收足迹呢？这岂不就是：樱桃熟时任人摘，梅子酸时只自知。

天快要亮了，柳成奇的儿媳妇从冰冷的土地上苏醒过来，眼睛怎么也睁不开，好像是在睡觉做梦，记忆全都失去了。

她还是努力地睁眼，好半天，终于睁开了眼，可眼前是模模糊糊的一片。

她发现一团红色，原来是手电筒还亮着，灯泡只剩一点红丝。

她怀里抱着孩子，以为她还在睡觉哩。抬头往山坡上看，公公和侄儿都躺在地上，也以为他们在睡觉。想喊一声，可怎么也发不出声音来。

天亮了很久，她模糊中听见有人来了。有人在讲话："死了的登记；活着的，把他们送医院！"

十一

灾难后的第一个白天来临。井喷还在继续。虽然点火成功燃烧了大部分硫化氢，但毒气仍然肆虐着高桥镇周围的那片天空。

设在县城里的抢险救灾指挥部。墙壁正中挂着灾区地图，旁边挂着放大的高桥镇及周围乡镇的示意图。

指挥长指着示意图说："以高桥罗家16号井为中心，毒气散发半径为5公里，方圆60平方公里，涉及5个乡镇，36个村，316个村民小组，8407户，65632人。他们必须撤离染毒区域！

"还有，涉及生命安全的5公里外围的群众有6800多户，4万多人，必须疏散！

"救灾人员，必须穿戴防毒面具，保护好自己，严防次生事故发生。"

这是人类史上悲壮的大疏散、大撤离。

救灾的会议正在进行中，交通部门报告："全县的汽车1052辆、农用车248辆、摩托车2200辆已全部清理准备就绪，已经分头出发，正在赶往出事地点，疏散群众。"

武装部队报告："我们已组织救灾干部、民兵预备役人员1760余人，奔赴灾区，还有医务工作者，在现场设点救治受伤病人。"救灾的军人和医务工作者冒着生命危险一个劲往灾区冲，留在他们记忆中的词语只有"舍生忘死"四个字。

教育部门报告：高桥镇所有中学，接到撤离的命令，全体学生从睡梦中惊醒。在老师的率领下，一个班级一个班级撤出校园。为了使学生不走失，同学们用草绳做"连接器"，强制每个人拉着，不能走散，也不能掉队。那一夜，留给成千上万中小学生逃难历程的记忆是"半夜鸡叫""烽火连天""落荒而逃"等形容词，成为他们人生中对灾难的烙印。

高桥镇、正坝镇、麻柳乡、天和乡，染毒地带的中学学生全都得到安全转移。几千人的队伍，在黑夜里行军，对当地来说真可谓前所未有。

井喷事故现场报告：白天看得见烈焰冲天，听得到火焰哧哧作响。火光映红了半个天空！

井口附近流动着三种颜色，像平地而起的一道彩虹。红色，是中石油工作人员穿的红色衣服；绿色，是武警战士和解放军防化兵；黑色，是公安干警。先期到达的他们，各自肩负着救灾的使命。虽然他们的防护装束像"黄袍加身"，但每个人的心，却余悸重重。

专家们经过多次模拟试验，实施压井方案的准备工作就绪。

这天凌晨，数百人聚集井架附近，准备与井喷决一死战。

标有"消防"的消防车、"120"的救护车、"中石油"的压裂车，还有没有标识的指挥车，各行其道，各司其职，形成包围圈，能进能退，布阵完毕。

只听得指挥部一声令下："压井开始！"

20名身背空气呼吸器，佩戴防毒面具、手握水枪的消防官兵掩护着89名穿红色衣服的中石油技术人员箭步冲上井台，开始将11台泥浆车中的2600吨泥浆依次倒入井筒里。

现场一片紧张、揪心、沉寂……

时间"嘀嗒嘀嗒"，一分一秒过去。

泥浆液柱与井喷天然气柱不停地相互顶压，人们的气势和胆略与毒魔相互争抢着时间。

一股股水泥沙石的混合体像泥石流装进管道，在巨大压力的推送下，源源不断奔涌至钻孔深处，与地层中的喷气交战，你来我往，进退积聚，一软一硬，来回搓磨，化学反应，凝固硬化，结晶成石……

十分钟过去了，井喷压力渐渐减小，火焰渐渐退去凶相，工程技术人员乘胜追击，加快灌浆速度。渐渐的，火熄气咽！

钻井公司负责人立即向北京报告："压井成功！"

紧接着，源源不断的泥浆灌进井体，继续压进气井，30分钟、60分钟，井喷终于被彻底压回地层深处。

燃烧了一天一夜的烈焰和烟雾毒气渐渐散去，战抖的群山重归宁静。

宁静得鸦雀无声。只有"压井成功"的欢呼声在抢险工作者们的心中激荡，长长地感叹着胜利的喜悦！

十二

冬夜的黎明，几万人突然从大山深处的密林小道中冲了出来，朝一条条通往生的路上呐喊、奔跑，他们离开祖祖辈辈深居的家园，不知是短离，还是久别？到哪里去歇脚、哪里安身、哪里饮食，哪里立命，这是世界上任何一次灾难都没有做过的预案。

救灾指挥部将上级的指示一级一级通过电话传达下去，要求乡一级政府："既要保证抢救、施工人员安全，同时对中毒脱险者是否有后遗症进行确认；还要解决夜间群众御寒过夜保暖问题，尤其是对老人、病人、小孩要特别照顾。"

那天开始，灾区附近的乡镇，电话座机、手机等其他通信手段全部上阵，一片繁忙。移动、联通、电信管理部门的应急车和设备部署在现场，电波不停地要求五公里以外的学校、招待所、礼堂、教室、仓库、会场等公共场所全部腾出来，供受灾群众休息，安置过夜。

指挥部电话响个不停，一会儿报告说，敦好、天和、麻柳等乡镇居民，有的家家户户腾出自家所有的房子让素不相识的灾区群众住下，没有床铺就用厚厚的稻草打起地铺。还为逃难的群众烧水做饭。

一个电话报告说，X县与K县山水相连，从这条路上逃离毒魔的群众有两千余人拥向乡村，已经得到妥善安置。

指挥部不断地传达着党中央、国务院和上级市委、市政府的抢险救灾指示：疏散离家的受灾群众要"有饭吃有衣穿，不挨饿不受冻"；每个安置救助点，要保证受灾群众"看热脸、吃热饭、喝热汤、洗热水、睡热被窝"；确保受灾群众"无一人挨饿，无一人受冻，无一人病倒，无一起安全事故，无一人有伤害受灾群众感情的言行，无一人向受灾群众收取一分钱"！

热忱的话语，暖人的心肠，铁一样的纪律，通过电波传达到大巴山的山山水水，沟沟谷谷，乡乡镇镇，家家户户。

电波在频传，汽车在飞奔。从C市到K县的高速公路上，从K县到高桥镇的乡村路上，打着"救灾"旗号的运送冬被、食品、饮水、医疗、药品的车辆正在奔驰；

解放军、武警、公安、医务人员，还有安监、环境监测的工作者……十万人紧急奔跑在救灾途中……

十三

压井成功以后的井喷现场，以晓阳村为中心，方圆十里，山林寂静、田园寂静，所有的生灵都没了声音。逃生出去的人被隔离在警戒线五公里以外，没逃出去的已在另一个世界寻求安乐去了……那气氛、那心情，仿佛人类到了生命的尽头，只有山野的风，轻轻地吹，天空的云悠悠地飘。山沉重、水沉重、情沉重、心沉重，一切都冷冷清清的，就像地球已经死去，停止了呼吸。不过，经过一夜洗礼，它又仿佛转世重来，是新的，刚刚才开始转动。

赶来救灾的解放军、公安、武警、医疗卫生人员迅速展开了搜救大行动，他们分成若干行动小组，全方位展开清查，拉网式搜寻生灵，埋葬死去的动物。

一个搜救小组看见：一片森林的地上，乌鸦、喜鹊、麻雀、画眉，还有叫不出名字的鸟儿，扑地的，朝天的，微风中竖起羽毛的，三三两两横尸地上，有的在草丛里；奇怪的是树枝上还有倒挂着的死鸟，纤细的脚爪死死地抓牢枝丫，同树枝一样僵硬地伸展在半空中，倒立的羽毛飘荡在风里，报告着它们的死讯。

另一个搜救小组在田野里发现：三只一堆，两只一对的死老鼠，有的侧着身子，有的四脚朝天，小嘴里还有泡沫未干；偶有伸出头来探究竟的长蛇，一半在洞内，一半在洞外，僵尸已如直绳；那几块水汪汪的田里，死鱼翻着白肚皮，随水波的激荡已汇聚于田的角落，早没了鱼水之欢；草丛间，细心的队员发现蝈蝈、蚊蝇、蚂蚁，许许多多叫不出名字的昆虫尸体。

还有一个搜救小组感到惊奇：那些从一家一户逃出来的大小牲畜，鸡鸭鹅猫猪狗，或死于山坡，或卧于草丛，或仰于地头，眼角流着泪，嘴边吐着沫……生灵涂炭一词，用在此时此地、此情此景再恰当不过了。

一个个搜救小组进村入户，一个村一个村，一家一户清理死亡人员、搜救活着的人，清算死亡的牲畜，在每户人家的大门上贴封条封门，严禁入内，保全受灾群众的财产安全。

一场搜救生者，清点死者的战斗在井喷事故的十里范围内打响了。

晓阳村，搜救出一位活着的老人；

镇坝乡，从红苕窖里搜救出一个活着的小女孩；

高旺村，一个活着的老人需要急救；

朝阳寨，一个死婴，尚未取名字。

在晓阳村，武警战士们抬一具尸体，换一双白手套，辛酸一阵，落泪一阵。

搜救人员在草丛中、菜地里、小路旁，地毯式搜寻……

搜救现场不断向指挥部发来报告，死亡人数由8人逐渐上升至176人，200人，240人……

井喷灾难的突袭，灾难的深重，灾难的奇特，灾难的救援，受灾群众的安置，受灾群众的疾苦，灾讯灾情，心声呼声，悲闻喜讯……通过新华社、人民日报社、广播电台、电视台、网络，七十多家新闻媒体的两百多名记者，连篇累牍的传播报道，让全世界的关注者都知道了：

K县井喷……

六万人逃难……

十万人救灾……

两百多人死亡……

诱
惑

一

　　遭遇井喷突然袭击的晓阳村和琴泽河两岸，一直到
高桥镇上，死一样的沉寂。河边的黄桷树早已落叶，嫩
黄的芽尖已布满枝枝丫丫；几片赖着不掉的枯黄叶儿在
风中摇曳，树欲静而风不止。大树下，即是张铁嘴家的
铁匠铺，如今也人去火熄，没有叮当叮当的打铁声。

　　琴泽河虽是枯水季节，细小的水流声依然散发出生
命的活力，只有它发出的声音，仿佛诉说着河岸两边往
日许许多多的传奇故事。

　　张铁嘴被救灾队救出送往县城。此时的他，躺在医院
里。听说压井成功了，立马想起死去的母亲和侄儿，伤伤
心心落了一阵泪。他责备自己不该叫张善开车到高桥镇接
他，白白送上一条年轻的生命，还把老母亲也搭上了！

　　张铁嘴想起这一生的经历，自从搬进刘家院子居
住时起，就把刘家和柳家的矛盾看在眼里，不说好歹。
一心想往大院外跑，坚信"为人不学艺，挑断箩篼系"
的俚语，死活要离开院子去干一番事业。他去学了个手

艺，当打铁匠。一年拜师，二年学艺，三年出师，他就在镇上开了铁匠铺，开始赚钱。他接触的人多了，见的世面也广了，说话办事越来越圆滑，他对谁都一样，光开玩笑，不当真。

家里的田不种了，经常请人帮忙代为耕种。找了几年的钱，有了些积攒，就在镇上自己买了个房子居住。

张铁嘴想起这些，在良心责备的同时，忍了又忍，尽往好处想，想起年轻时那桩难以启齿的"偷情传奇"和一个至今深藏于心的儿子的快乐。

住在张铁嘴隔壁病房的李平安，躺在病床上听说压井成功了，一轱辘翻身起来，要求回高桥镇，去看看老婆和孩子。此时的他，还不知道他的孩子和几个亲人已经去了另一个世界，更不晓得晓阳村和刘家院子那些人家的下落。医生告诉他必须休养两日才能下床。他眼睛一闭，又想起了唐秋香一家，尤其是刘月生，不知他的死活。

躺在病床上的病人和安置点的受灾群众，听说压井成功了的消息，终于压住了心头那口有死亡威胁的陷阱。可是，怎么也堵不住受灾群众心系亲人、心系家园的千丝万缕的急切心情，怎么也堵不住他们那张发几句牢骚、骂几句那口该死的怪井的嘴巴。

"咱K县是刘伯承元帅的家乡，风水很好。如今不晓得啷个的，有人怪眉日眼的，想精想方来打什么井，采什么气，定是把山河的龙脉打断了。"

"那可不是，山脉本来好好的，弄他妈个钻井机来逗猫惹狗地打井，要不然怎么会喷出毒气，毒死这么多人。毒得鸡飞狗跳，人逃亡！"

"哎呀，这大灾来大难去的，弄得人心惶惶，遭罪啊。"

穿着病号服的受灾群众三个一群，五个一堆，七嘴八舌，诉说着他们心中的难忘之夜和怨气。

唐秋香和刘为林住在医院的二楼，他们经过一夜的逃难，终于等来了天亮。唐秋香不知是心急熬红了眼，还是毒气刺伤了眼，一阵阵生痛，看见房间里的电灯泡仿佛起了火焰，一圈一圈泛着模糊不清的光环。她自言自语地说："眼屎巴唧的，糟了，糟了，中毒了！"

躺在县医院的病床上，唐秋香感到这个毒气的刺激就像以前患过的眼病麦粒肿差不多。当她经过一次输液治疗醒来后第一句话就问："医生，这要花多少钱？"

医生说："医疗费用政府都替你们安排了，你们只管安心疗养。"

唐秋香听说不用自己出钱，心安了许多。当进行第二次输液治疗时，她感觉眼睛好多了，看清了干净整洁的病床、病房，就像住进了人们常说的高干病房一样。

当药液一滴一滴融入血管，她渐渐地进入了梦乡。

唐秋香始终记得，他们一家人把青春、精力和积蓄全都花费在了一座房子里面。改革开放后，时代变了，刘家大院恢复了平静。快六十岁的刘为林身子骨挺硬，决心和唐秋香一起好好干它一把，把房基地买了回来，留住老祖宗留下来的这块风水宝地。于是，他们夫妇俩用满腔的激情，拼命下地干活，种水稻、种小麦、种油菜，辛辛苦苦干了十几年，终于有了些积蓄，在村支书李平安的帮助下，将刘家大院恢复了原貌。可是此时，他们已年迈体弱，力不从心了。田地又开始荒芜，生活开始清淡。岁月远去，人亦老去。

没想到，一场井喷事故的突然袭击，让刘家院子空空如也，不知院子和它的主人命运如何？

二

刘月生还活着吗？

唐秋香并不知道一组穿着白大褂的搜救人员已经来到了刘家院子。

"咚咚咚。"

"家里有人没有？"有人在喊。

"这是刘月生家。"仿佛一个熟悉情况的人在说。

"记一记，死鸡三只，死鸭两只，死猪一头。"有人在门外清点着说。

门"吱"的一声全开了，有人踏进屋子里检查。报告说："屋里没有死人，把门关好贴上封条！"

井喷过后的现场，搜救人员正在紧张搜救生者，处理死者。

撤离到县城、镇坝乡、齐力乡和邻县的十几万受灾群众得知万恶的毒魔被制服后，既高兴又悲伤，一下子躁动起来，偶有听见死亡者的名单见诸电视、广播和报端。失散的家庭，心急如焚。

安置现场，异样的浮躁，大人寻找着小孩，男人寻找着女人，小伙子寻找着小姑娘；医院里，亲人找着亲人，亲戚找着亲戚，朋友找着朋友……火葬场，活人找着死人，死人等待着亲人，亲人哭丧着亲人……

刘为林、唐秋香在县城的医院里住了两天，吃住都有人管，不用他们操心。医疗人员还不时为他们检查身体，问寒问暖。

虽然他们自己逃生进了城，但时常挂念着儿子刘月生，不知他的生死音讯。这天，他们到安置点里查找刘月生的信息，脑子里不时闪现出他可怜的样子。

傍晚，刘为林在医院的院坝里意外地见到了张铁嘴。张铁嘴虽然掩饰不住老母亲和侄儿死去的伤悲，但仍旧保持着乐观的心态，他张口就半开玩笑地说："你老兄没有死呀？"

刘为林也有几分说不出的高兴，从来少言寡语的他，因为大难不死，此时也有话可讲："我以为你……你死了呢，我还准备借你的锣鼓敲……敲几下，送你一程。想不到你的锣敲得响，敲……敲到这县城里来了啊。"

张铁嘴把刘为林拉到一边说："你没看见压井成功了，井喷堵住了？我们在这里住不了两天，就得回家去了。"

刘为林说："哎呀，我心都快急……急出来了，不知家里的那头猪，还有那几只鸡饿……饿死了没有？"

张铁嘴看了他一眼说："你看，你看，埋你的泥巴都堆到你脖子上面了，还牵挂着你的猪和鸡。你一辈子都财迷兮兮的，只为牲口着想，哪个不想想你那个儿子是死是活呢？"

刘为林故作镇静又说："我……我这不是在找他么，没想到找到你这个死儿子！"

张铁嘴也冷笑说："死儿子呀，死儿子，我猜你那儿子八成是死了，即使没被毒气熏死，几天下来，饿也得饿死。你我倒好，好像又回到了集体食堂，吃大锅饭啦。还记得不：吃食堂，泪汪汪，饿得前胸贴脊梁？"

刘为林心一酸："唉，记……记得。"

刘为林和张铁嘴畅想随谈，虚度如梭的时光。不知过了多久，仿佛听见有人在喊"干爹"，这才将他们的思绪拉了回来。

"你……你看，你看你，都想……想到哪里去了。"刘为林说。

张铁嘴若有所思地说："说老实话，我一辈子就是同你偷过一回谷子，做过一回亏心事。所以嘛，你看老天都饶恕了我们，这么大的灾难，都没要我们的命啦！"

刘为林觉得这也是天意，长长地"唉"了一声说："还不知我那月生是死……死是活啊。"

张铁嘴说："死活都有名单，去看看公布了没有。"

刘为林说："他妈……妈从安置点找到医院，从医院找到安置点，这会又到火……火葬场去看去了。"

三

火葬场人山人海。唐秋香来到火葬场，见人们一个个哭丧着脸，有的流着泪，有的伤着心，有的正着急。死人等着活人，活人找着死人，亲戚找着亲戚，朋友寻着朋友，老人寻找小孩，小孩寻找着大人，悲伤的气氛就像老天黑了脸，阴风扫荡，凄凄切切凄凄，惨惨兮兮惨惨。

火葬场门口，贴着"12·23"死亡者的名单。唐秋香识字不多眼睛又有点老花，挤进人群也看不出上面有无刘月生的名字。于是，请旁边的人帮忙："请看看上面有没有刘月生的名字。"旁人看了许久，回答说没有。这下，她才放下一些心来，刚走出人群，便碰见哭成泪人的柳家儿媳妇，说："我爸爸、二叔一家，还有我的一个女儿，他们都死了。"

唐秋香心里顿时一愣："他们不是把我们送走后，自己搭的车吗？"

柳家儿媳说："都怪我爸，他要往山上走。结果……"

唐秋香拉着柳家儿媳的手要求说："走，我去看看你爸。"她这时心里很软，像橡皮里充了水似的，心想：要不是他叫我们先搭车走了，说不定这死就轮到我们头上了。

柳家媳妇带着唐秋香来到停尸房，找到了即将被送进炉子火化的柳成奇的尸体。

恩仇相并，难言之隐，一起涌上唐秋香的心头。人世间大凡如此，活着为争一口气，你死我活争争斗斗，终归一天，这口气没了，便什么都没了，即使有天大的恩仇，在这悼念厅和火炉子面前，男女都一样，老少都一样，官不分大小，职不论高低，富不分钱多钱少，穷不论贵贱清贫，一律平等。

火炉的火，火上浇油，熊熊燃烧。燃烧的烈火，从不拒来者。在这生死转换的顷刻间，你会看见穷人与富人同行，少年与老人携手，恩人与仇人同去，平民与官员共趋，抹平了恩怨情仇，埋葬了利禄功名。你还会看见，当生命邂逅死亡，顿感生命脆弱，亲情弥珍。你会彻底明白，得之别得意忘形，失之别怨人尤天，顺时善待别人，逆时要善待自己。

就在柳成奇的尸体即将火化的时刻，他儿子柳娃扶着老母马尚凤来到跟前。柳娃恶眼相向，吓了唐秋香一跳。

柳娃说："都怪你们，我派专车去接老头子，没想到他把车子让给你们。这下，我老头子死了，你们安逸了噻！"

唐秋香心头"咯噔"一下，明白了那天晚上逃难时发生的一切。

柳娃的母亲马尚凤见势不妙，立即打住儿子的恶言："不许乱说，人家也是好心好意来送你爹一程！"

不管怎样，唐秋香还是走上前去，轻轻掀开盖在柳成奇身上的一席白布，看了他最后一眼，说了声："兄弟，你放心走吧，我们再也不计较了。"

这"计较"二字，后人大多不清楚，只有唐秋香自己埋藏在心里多年的怨恨，包括家里丢失的那个背篓的证据等诸多"弹药"，甚至平常的喜怒哀乐，在这一刻都克制了又克制没迸发出来，她一一吞进肚里，不想让更多的人知道。真是"相逢好似初相识，到老终无怨恨心"。

唐秋香想起这一桩桩、一件件、一幕幕，又悲又愤，又气又恨。她看着柳成奇的尸体就要被送进火炉子，眼睛一闭，仿佛什么都不见了，烟消云散。心里直喊"人就这样上天啰"！

这时挤进一个人来，直奔柳娃身边，张口就问："哥儿，你这是要普通烧，还是要豪华烧？"

柳娃转头盯了那人一眼："你啥子意思？"

那人说："我看你老汉死得惨，烧都要烧了，你就加点钱，让他享受一把豪华的火，豪华的烧吧！"

柳娃问："加多少？"

那人见柳娃上了钩，忙答："三千、五千不等，三千不带哀乐，不带鲜花；五千活人现场奏乐，保你骨灰纯正，一尘不染！"

马尚凤恨了一眼那人说："人都要烧了，还搞这些名堂，你明明是个川川，想些方来找死人的钱嘛！走吧，走吧！"

柳娃凑近马尚凤的耳边轻声说："妈，我爹也不容易，辛苦一辈子，就给他一个豪华烧吧，钱我来出，在别人眼里我们也有个面子。"

马尚凤没有吭气。柳娃便对那人说："来，来个豪华烧！钱我转账给你就是了。"

那人做成了一笔生意，高兴得手舞足蹈，大声喊："锣鼓响起来，又来一个豪华烧！"

接着，那人轻声对柳娃说："哥儿，不开发票哈。要么给现钱，开县到万县，县过县（现过现）。"

柳娃听了这一句，有些不高兴了，说："你哪来这样多的弯酸！"

那人生怕生意吹了，即向火葬场的工人使了个眼神："送进去，豪华烧不排队！"转身拿出一张纸条对柳娃说："哥儿，你在这上面签个字嚷。"

柳娃抓过纸条来，撕成两半，气愤地说："发票都不开，签你妈个铲铲！"

唐秋香摸摸衣服口袋对那人说："兄弟，要么这钱我来出。"

唐秋香送走柳成奇，她满脑子就总是柳成奇的影子，挥之不去的"偷莒遗恨"演绎的情仇。

唐秋香没有找到月生的音讯，碰巧送走了柳成奇。

她走出火葬场，旁边又有人在念死者的名字。她忽然听到了有张铁嘴的老母亲和侄儿的名字，心头咯噔一下，"哎呀，他家已死了两个人啊。"于是，赶快跑去告诉张铁嘴。

她一边走，一路上都碰见来来往往寻找亲人和送亲人的乡亲。死了人的人家焦急，没找到亲人的人家也焦急。有的人牢骚满腹，骂这骂那，都怪那个倒霉的井，倒霉的气，还有生活在这个倒霉的地方。有人说，不抓两个人来垫背，不赔偿损失，就抬着尸体上北京，去上访，去告状，去讨公理！

唐秋香和许多受灾群众一样好奇地站在人群边"偷偷"听着议论。有人说，高桥镇黄柏村一位老大姐死亡后纳不纳入井喷事故赔偿的事还在争论，火化不火化还搁在那里。正在争吵之间，工作人员接到了法医从重庆打来的电话，说经检验，确认送检的死者尿液和血液中有硫化氢成分，可以列入事故遇难死亡人员。还解释说：死者在事故中吸入有毒气体，加上逃离时途中受寒劳累，致使有咳喘症状加重，医治无效死亡，应列入遇难人员之内。

唐秋香不再想看熟人熟面的死人了。她来到受灾群众安置现场。这里人更多，嘴更杂。各种信息在这里汇聚，许多传说在这里演绎。

有人说："嘿！管他灾难不灾难，有的人就是不怕死，冒着毒气去抢死者身上的钱包，去拿人家挂在脖子上的金项链，真是见财起盗心，死人的东西都敢要哒。"

有人说，公安机关成功破获了麻柳乡救灾棉被被盗案，抓获犯罪嫌疑人男男女女好多个，偷的棉被有一百多床。

讲故事的人不用打草稿，口若悬河，仿佛身临其境，将过程描述得活灵活现，众人竖起耳朵听，听得津津有味。

且说井喷才三天，大批救灾物资源源不断运往灾区，救济逃难的受灾群众御寒充饥。天上从来没掉下过这么多、这么好、这么容易得到的"馅饼"。于是，有人叫好，有人心动，有人眼馋，有人想不劳而获。

参加救灾物资运送队伍中有个押运员叫张又和，汽车还在半路上跑，他就起了盗心，拿起手机将信息告诉了村子里的亲朋好友。谁知，那些亲朋好友以为是政府送上门来的"浮财"，不要白不要，早就心痒痒地等到天黑。当装满物资的汽车驶进麻柳乡一个粮管所，就被已经守候在这里的"强盗"们盯上了。半夜，五六个男女像饿狼似的从黑暗中跑了出来，直奔棉絮存放点。大大方方的像搬自家东西一样，不到十分钟，就偷走了一百多床崭新的棉絮。也许，他们以为这样"里应外合"就神不知鬼不觉了。其实，"要想人不知，除非己莫为"，火眼金睛的旁观者已注意到他们的盗窃行为。第二天，公安机关接到报案。偷盗国家救灾物资，可恨，可恶，罪加一等。公安机关迅即成立专案组，抽调精兵强将，当特案办理。只用了十几个小时，先后抓获犯罪嫌疑人四五个，原封不动将一百多床棉絮追了回来。

另一堆人在传说，高桥镇的电杆上贴出标语："贪污救灾粮，全家要死光。贪污救灾款，全家都死完。"经查明，是个六十多岁的老人在井喷中活下来后写的，提醒干部不要贪占救灾物资，是一片好心好意。

这种传闻还较简单，更有厉害的。那些从广东打工回来的死者家属，他们见的世面多，联合起来要跟政府对话，讨说法，要赔偿，要公理，要道歉。他们的理由和条件都商量好了。据说有好几条，一问石油部门当官的为什么不出面对话，二要求追究事故责任人的责任，其他的都是要求统一赔偿标准。

唐秋香还是第一次碰到和参与这样大的活动，才知道有如此多的道理。同时，还了解和掌握到了从来没有听说过的政府的政策和一个公民应有的权利。她很晚才找到刘为林和张铁嘴，对他们说："我们准备明天就回家！"

这一夜，唐秋香辗转难眠，柳成奇被送进火炉子的情景始终在脑海里翻来覆去，挥之不走。快要天亮时，她才闭上眼睛。

唐秋香做了一个梦，梦见刘月生跪在她面前："妈，妈呀妈，我不怕死，但我怕火烧！你带我走吧，千万不要送我去火烧啊！"

唐秋香扶起刘月生："妈答应你，死后不送你去火烧！"

唐秋香的梦话，惊醒了刘为林，他轻轻摇了摇她的身子，说："你……你说些啥……啥子嘛？天都亮了。"

唐秋香从梦中醒来，睁眼一看窗外，冬天初升的太阳像个火球。

四

受灾群众要回家了。

压井成功后的染毒区域，环境监测、食品卫生、气象、安监、民政、公安等单位的六百多名工作人员已经挨家挨户清理了死鸡死鸭等被毒魔夺去的生灵，并将它们的尸体实施集中掩埋或焚烧。

随即，环保人员监测空气、水质；食品卫生人员检验食品；气象部门人员监测空气，分析质量。一切标准均要达到人的生存、生活、生产的安全条件。

政府紧急召开干部大会。决定：尽快组织五公里以外的受灾群众安全、有序返家，做到不伤一人、不掉一人、不亡一人。本着对群众高度负责的精神，采取分户包干"一帮一"的办法。

各安置点的工作人员分头向受灾群众宣读回家的消息。唐秋香和刘为林、张铁嘴、李平安、马尚凤他们像分不开的缘分，扯不散的乡亲，割不断的感情，浴火重生后又相聚在一起，要返回家园。李平安给村民们宣布

"八项注意"：叮嘱大家回家后，首先打开门窗通风，排除残留气体。不要急忙到菜窖、红苕窖取用食物，如果一定要取用，必须先用风车对窖里吹风换气……

历险一天一夜的幸存者，离家外宿七天七夜的受灾群众，惊动了整个世界，也浓缩了他们的整个人生。他们听到可以返家的消息，心情异常激动。七嘴八舌，议论纷纷，许多人一夜都没睡着。他们的各种向往，各种打算，各种思绪，在各个受灾群众安置点酝酿、冲击、斗争。

这天中午，各个安置点的受灾群众集体吃了午饭，领取了政府发放的米、面条、方便食品等。唐秋香和刘为林领取了两份食品。唐秋香突然向工作人员问："我们家是三口人，怎么只发两份？"

工作人员答："我们是按现有人员登记名单发放的。"

唐秋香又问："那我家月生？"

刘为林扯了一下唐秋香的衣襟："算……算了，算了，还不知道月生的死……死活，何必争那点东西，胡子上面的饭抹下来吃……吃……吃不饱。"

唐秋香心里咯噔几下，感到一阵不舒服。心里说："明明三口人，偏偏少发一袋米？"

上千受灾群众背着逃难时的行囊和政府发放的粮食，集中到每个安置点门口。十余辆客车整齐地排着，返乡的受灾群众开始依次上车了。

死了人的家属抱着亲人的骨灰盒，丧着脸，戴着孝，言语不多。没有死人的家庭，感到很幸运，有的说："这回进城过了几天共产主义日子，吃集体伙食，不洗锅不刷碗，安灯儿逸死了。"有的说："这一趟免费坐车回家，节约的钱又可以打二两酒喝。"

　　这天正好是头七，抱着死者骨灰的家属，还没从悲伤中缓过神来。车过山峦、树林和小溪，哭着说："爸、妈，我送你们回家了，你们好好安息吧，我下车后去点挂鞭炮，送你们一路闹热些。"

　　车内一会儿沉默，一会儿说笑。张铁嘴强忍悲伤，仿佛昨天已不复记忆，又开起玩笑说："还是养个儿子好呀，那天晚上要不是我喊侄儿开车回来，把村里最后几个人接走，可能在座各位有好几个人早去阎王爷那里报到啰！"

　　"可不是嘛，你侄儿是个英雄，他的死比泰山还重。"李平安也在悲痛中镇定地用干部的口气插话。

　　张铁嘴摇摇头说："唉，人总是要死的，这该死的井喷，我搭上老母亲和唯一的侄儿，现在剩下我这个孤老头，日子不知该咋过啊！"

　　不知是谁说了句："你还有情人得嘛！"

　　有人小声地说："铁嘴哥，听说这次政府对死的人赔偿很高啊，将来你就去领赔偿金，抱着那些钞票过日子！"

　　张铁嘴从后排的座椅上站了起来，说："谁要是花用生命换来的吊丧钱，心里总不安分，不舒服。我还是回去打我的铁，敲几个'自来钱'，用起来心安理得。"

"喂，铁嘴哥，有钱无钱，找个媳妇过年。这回有钱了，我帮你介绍一个年轻漂亮的妹妹，怎么样？"

张铁嘴说："找啥子媳妇啊，我打了一辈子光棍，还不是过来了，别胡思乱想！"

"哎呀，如今这世道，大喜的事儿是升官发财死老婆，活着的有钱人还包二奶三奶，你这是明媒正娶哟。大伙听着哈，回去给铁嘴哥找个说话的，免得他那张嘴今后说话都不风趣，人也不风流了。"

张铁嘴有些生气地说："你们吃胀翻弦要闪出来老迈，紧到咿呜呀呜的，老子烦了哈！"

唐秋香和刘为林听到张铁嘴终于有话可说了，不约而同转过头去，看见他站在最后一排的位置上，像要想说点什么，又没开出口来。

汽车开到高桥镇。人们一下车，看到才离别一个星期，仿佛久违好长时间的家园，冷清多日的镇上，顿时有了生气，喧闹起来；沉寂了几天几夜无人问津的小镇终于回到了几天前的繁华，店门开始敞开，窗户半掩半闭。街上走动着行人，人们虽然感到回家的温暖，但心有余悸，担心那该死的井喷是否会重来，往后的日子是否会正常。

唐秋香和刘为林两位老人下车后，没在镇上停留，径直往家赶。刘为林边走边说："家……家……家里的鸡都该喂了，是不是已经饿……饿扁了啊。"

唐秋香埋怨说："还担心你的鸡，不是说全都死了，政府早已清理给埋了。"

刘为林问："那……那月生？是不是也让政府的人给埋……埋了呢？"

唐秋香说："鸡、鸭和牲口全都被毒气毒死了，月生要是没人救的话，不晓得还能不能活到今天。"

他们一边走，一边心生怀疑，还担心如何面对现实，面对刘月生。二人边走边议论，身上早已累出一身汗。他们不时在小道上走走停停，看看远处那片已经被井喷烧红了的寸草没有的土地，看看那座依然耸立着的作恶多端的该死的井架。心想，你害得多少人妻离子散，整得多少人眼肿皮泡，死了的不知为什么，活着的不知怎么活下去。

终于，他们走回到了家。家门关着，上面贴了封条。门上没有锁，有人进去过。

唐秋香急忙撕去封条，"吱呀"一声打开门，说："政府不是交代过，回家把所有门窗打开，通通风，换换气？"

刘为林没进屋，一屁股坐到他常年喜欢坐的门口那个石凳子上，看着远方发愣。

唐秋香进屋后，惊喜地发现家中一切依然如故，坛坛罐罐一动没动，桌子上的剩菜剩饭，一片狼藉。余留的饭菜，有的发了霉，有的已经干了水分，全都扑上了一层灰。她把前后的门窗全都打开，突然想起缺少了什么，下意识地喊了两声："月生，月生。"

屋内没有答应。

五

唐秋香进屋后，没有发现刘月生的影子，冲着刘为林有些火气地说："回来就坐在门口，癫阴磨阳的，你是哪家的看家狗哇，还打不打整屋子，吃不吃东西嘛？"

刘为林懒洋洋地起身，朝屋走去，说："发……发……发啥子火嘛，家都弄成这个样子，就是你摆海参，吃……吃……吃起来也没味道啊。"

唐秋香："你懒得烧虬子，还想吃海参，我看连红苕稀饭都吃不起！"

"吃……吃不起就算了，饿死了幺台。"

"你去红苕窖里取两个红苕出来，看看能不能吃。"

"不是说，要用风车先往里吹吹……吹风，排排毒嘛。"

"哪来风车，你拿把扇子往里扇几下不就行了嘛，你那个脑壳一辈子都像个木榆！"

"好，好。过年过节的，我不跟你争……争……争了！"

刘为林进得堂屋，走到火塘边，轻轻地掀开一块红苕窖的盖板，吓了一大跳，里面有个人，定睛细看，原来是刘月生。

"秋香，月……月生在红苕窖里！快来呀！"

唐秋香惊喜地赶忙跑过来，帮刘为林把红苕窖的盖板全部掀开。

"月生，月生，你说话呀！"

刘月生胸脯扑在地窖里，左手握着矿泉水瓶，瓶中的水已喝干，右手边还有一个啃了一大半的红苕，双腿蜷缩着，发出一股屎尿臭味，腿上流着脓水，已经粘到烂布上，惨不忍睹。

唐秋香见状："还不快把他拖出来！"

刘为林和唐秋香弯下腰去，两人使出好大的力气才拉着刘月生的两只手，使劲地往外拖，刚要拖上窖坎，他突然"哼哼"起来。

"月生，月生，你还活着啊？"

刘为林使劲将刘月生的身子翻过来，只见他嘴角流着口水，鼻脓口水的，满脸黑灰灰的，眼睛被眼屎包裹着。

唐秋香非常吃惊，忙去打了一盆水，用毛巾为刘月生洗了脸。接着喊："月生，月生，你想吃点什么？"

刘月生没有回应，喘着极慢的气，不省人事。

两位老人累出一身汗，还没来得及生火，背脊一凉，都感到冷冰冰的。顿时，一家人的重逢虽然感到凄苦但又有几分热气。

诱惑

唐秋香说："我有预感嘛，该跟月生领一份救济粮，可他们就是不发，偏要见活人。"

刘为林："哎呀，人活着比什么都好，好死不如赖活着嘛。"

刘为林在火塘里生起了火。

刘月生被安放在火塘边的宽凳子上躺着。火旺心热，刘月生从昏迷中苏醒过来，他已不知过了多少个日夜，睁开眼睛斜视了一下火塘中的火光，仿佛又见到了太阳，心里感到了温暖。

唐秋香端来热水，把刘月生的头枕在自己的怀里："月生，月生，你喝点糖水！"

刘月生听出了是母亲的呼唤声，眼泪先是湿了眼眶，继而形成珠子，一颗一颗在火光的映衬中，晶莹地滚落下来，打在母亲的腿上，化作一股热流，湿润了她的心田。

唐秋香一勺一勺给刘月生喂着水，一边自言自语地说："月生呀，你命大，这么狠的毒气都没毒死你，饿了七天七夜也没饿死你。这些日子你是哪个熬过来的啊？"

刘月生又"哼哼"两声，用力睁开一条缝隙，看见母亲伤感的神情，眨巴眨巴眼皮，轻轻动了动嘴唇，用心灵诉说起他与死神搏斗的七天七夜：

第一天

井喷突来时刻，刘月生听见急促的喊声和父母与李平安的对话，知道自己身残跑不动，这几天又犯病，有气无力，不想成为老人的包袱。他急中生智，伸手将堂屋中火塘边的红苕窖盖板掀开，翻滚而下，"哎哟"一声跌进坑里，然后伸手拉过盖板，留出一条缝隙，透进点光亮，悄悄躲藏起来。

刘月生藏进火塘边的红苕窖里后，昏沉沉地睡了一觉。可他哪里知道，他家离井喷事故地点是最近的。随着硫化氢的溢出、飘散，以风卷残云之势，无声无息渗透到了刘家院子。因为唐秋香和刘为林逃离时想到刘月生在家，就没有关门上锁。随风飘来的夹着浓郁毒气的气体从门口冲进屋后，在墙壁上撞了一个跟斗，折回头来一半扑向门外，一半从房梁上绕道冲出屋外，散了。

刘月生闻到一股臭味，忽又没了。他吸吸自己的鼻子，感觉无事。蜷缩着身子，脑子里像做梦似的。他梦见村子的人在黑暗里逃难。

其实，他知道人生一开始就在逃难。刘月生在幼小逃难的路上留下一身病残。因此，在这一次大难临头时他却再也没有逃生的能力，与众多走在逃难路上的人们一样，经受着死神的考验。心痛无痕。他不能相信已经有些糊涂的脑子，不能相信已经模糊的眼睛，这是真的吗？是上天的惩罚？还是人类到了生命的尽头？

刘月生在胡思乱想。他越想，夜越静，整个刘家院子静得无声无息。他一个劲地问自己，这回到底是怎么了？连一只蚊子飞过的声音都没了？风似乎也断了气。他贴耳于窖壁，仿佛整个地球都停止了呼吸，没有一丝动静。他又一阵乏困，随即进入似梦非梦的梦乡，好像在地力的震颤中，听见后山上有脚步声响动。

他听得出来，那是李平安的脚步声。

李平安答应过，要叫人来背刘月生的。

第二天

躲藏在火塘边那个地窖里的刘月生，不知过了几个时辰。突然听见门外有动静，被这突如其来的敲门声和说话声惊醒了，他以为是小时候听大人说过的"无产阶级文化大革命"中红卫兵又抄家来了，他屏住呼吸一动不动，蜷缩在地窖里，脸紧贴在潮湿的土灰中，一直等到院子里没有声音，窖外没有一点响动，他心里害怕极了。

那时候，没想到"无产阶级文化大革命"的"春风"会吹到了这个偏僻的小山村。隔壁的柳成奇自然成了积极分子。

"文革"期间，柳成奇以刘为林霸占房屋地基罪名将其告上公社"文革"领导小组，罪名是地富反坏右的翻案分子在农村复辟。

柳成奇率人上门砸坏了刘家大院的门窗。唐秋香抱头痛哭，一片片拾起门窗碎片，说："这是老祖宗留下的传家宝呀，怎能砸呢！"她整天整夜把那些碎门窗修复，木刻雕花八仙过海、观音送子等等，一一复原。花了好多功夫，才使诸多寓意深刻出自清末民初的艺术雕刻品，恢复在刘家大院。

如今，只有刘月生一个人独守偌大一个院子。昨天他没能逃走，躲进红苕窖里的这个机智举动并不是他的突发奇想，而是得益于小时候躲猫猫的游戏。

那时，李平安一放学就跑来刘月生家，教他学习写字念书。末了做起游戏，刘月生突然拿出自己用竹子做的水枪，在水缸里吸一口水，使劲一压，一股水喷射而出，洒在李平安的身上。

李平安没有生气，好奇地问："谁给你的水枪？"

刘月生扬扬得意地说："我自己做的。"

"你会做水枪？"

"当然，我照着诊所打针用的针管的样子就做出来了。"

"啊，你好聪明。"

"要是你喜欢，明天我帮你做一把水枪。"

"不，我今天就想要。"

"嗯，我不干！"

"要么我们来躲猫猫，你藏着，我来找，如果我找到了你，你就输了，这把水枪就归我；如果我找不到你，水枪仍然是你的。"

"要得，现在我们就开始啊，时间不要超过一杆烟工夫。谁在门外，谁在屋内，划'石头剪子布'来定输赢。"随即，两人相视齐喊："石头，剪子，布！"

刘月生出了布，赢了；李平安出了石头，输了。

李平安出得刘家的门，在院里转了一圈。

刘月生瘸着腿，东躲西藏，均认为不是理想藏身之地，突然想起大人们经常在火塘边取红苕的情景，于是掀开盖板，双脚先伸了进去，着地后觉得可以藏身，紧接着缩身藏了起来，伸手拉过盖板，并大声地喊："平安，你来找呀！"

李平安进屋后，找遍了屋里的旮旮旯旯，都不见刘月生的影子，于是叹气地说："月生，你出来，我认输了。"

刘月生高兴地哈哈一笑，掀动着地窖盖板。李平安听见笑声和响动，急忙跑过去将刘月生拉出地窖。

刘月生满怀胜利的喜悦，把水枪送给李平安，并说："你喜欢，就送给你，明天带去学校，显摆显摆。"

李平安接过水枪，使劲地一抽一压，一股气流从竹筒中喷出，还冒着水雾哩。

李平安高兴地说："我长大了，要用它去喷落那些挂在树上的毒蜂巢，用它去扑灭火焰！"

刘月生说："你一定带我去哟，那，我明天再做一把！"

刘月生想起儿时的游戏，觉得人生也如游戏，今天的游戏为什么只有主角，没有配角，为什么有了配角，又没有主角呢？他在茫然中感到眼睛有些辛辣，饥肠辘辘，全身无力，挣扎着在地窖里动了一动身子，仿佛下半身已断了似的没有知觉。他伸手东摸摸西摸摸，摸到了一瓶矿泉水，他心头一喜："这不是母亲过生日那天从桌子上滚落下来的么？"

这真是天意呀。刘月生双手摸着矿泉水的瓶盖，轻轻拧开，往嘴边凑拢，他用手抬高瓶底部，一股泉水喷涌而出，濡湿了他的干渴了不知多久的嘴唇，可用力过猛，水散落在了脖子上。

刘月生心头想，千万不要泼洒完啊，这是救命的水呀。于是他放低手中的瓶底，用力地将嘴唇凑近瓶口吸吮，把它当作儿时吸吮母亲的乳汁那么珍贵。

刘月生心里顿时感觉一阵甘甜，美滋滋地喘了一口气。此时，他感到肚里空空如也，一点儿东西都没有，摸摸下半身，裤子早被屎尿湿透，肌肉已生褥疮，一阵阵生痛。

好不容易熬过又一个黑夜，迎来一丝曙光。刘月生梦里仿佛听见隔壁传来一声鸡叫。他满脑子突然出现鸡群飞舞，咯咯咯乱叫。想起鸡，就想起了邻居柳成奇，想起了儿时那段心酸的铭记于心的那次"偷鸡取乐"的遭遇。

美丽的山村。炊烟、鸡犬相闻。阳光普照,轻风拂煦。

刘家院子的大人们都下地劳作去了,邻居的娃娃也上学读书走了。偌大一个院子,只有行动不便的他不能出门,一个人守候着。他无所事事,成天以鸡犬为伴,交流方式就是天天观察那些畜生欢快地度着年华。最常见的情景是,一只公鸡扇着翅膀扑向母鸡,"咯咯咯"呼唤着求爱。

刘月生看着公鸡一出动,便哼起了李平安教他唱的儿歌:

鸡公两只脚,
红冠绿脑壳。
清晨就叫咯咚咚,
叫到太阳落。

那只公鸡是邻居柳家的,母鸡则是刘月生家的。

刘月生看着公鸡的强悍和威风,心头一阵不服气,于是捡起块石头扔过去,石头落地,鸡惊飞散。没过一会儿,那公鸡又被母鸡光滑舒展的羽翼吸引住了,它竖竖头上红红的冠子,扑打扑打又围着母鸡转,不时还"咯咯咯"地去强行逼母鸡就范。

刘月生心生一计,找来一个竹罗筐,一根细绳,在院坝里设下一个陷阱。

他把竹筐棱起敞开一半，用一根竹棍撑起筐沿，在竹棍上系上绳子，绳子一直拉到鸡看不到人，人能看见鸡动静的地方，然后在竹筐内撒上几粒麦子。

一切安排妥当，刘月生躲了起来。

捉弄公鸡的戏剧按照刘月生的导演开始了。贪色的公鸡立即转变成为贪食的公鸡，丢下母鸡飞奔去争食。正当它享受着饕餮盛宴之时，没想到绳动棍倒，它还没来得及展翅，筐盖如笼，自己已成为瓮中之鳖。

公鸡在竹筐子中乱扑狂叫。

那情景恰好被回家的柳成奇看见了。他气势汹汹地走近竹筐："好哇，月生，你这个龟儿子偷老子的鸡！"

刘月生被这突如其来的骂声惊呆，不知所措，连忙瘸着腿去解救那公鸡："你家公鸡欺负我家母鸡，我是跟它们开开玩笑。"

"好哇，开玩笑，我万没想到，你这个缺德的死娃儿，从小就学会开玩笑偷鸡呀，真是六月间生的人，讨厌！"柳成奇伸手要去打刘月生。

这时，刘月生的母亲唐秋香也正好回家，急忙赶过来，想止住柳成奇的以大欺小，于是双方大吵起来。

"你看啦，你看啦，你家娃儿趁我们不在家没事干，磨皮擦痒的来偷鸡呀，这人赃俱在！"柳成奇对着唐秋香大吵。

唐秋香见状，不好多说："对不起嘛，对不起嘛，月生这娃儿在家没事，玩家家，他自身腿脚都不方便，哪能偷鸡呢。"

"他不偷，不偷才有假，你自己把眼睛睁大点看啦，看啦！"

唐秋香拉住刘月生的手："快来呀，快来跟你叔赔不是。"

刘月生手一甩，低着头："我是治治那只骚公鸡的凶嘛，谁偷鸡嘛！"

柳成奇更是气愤："我说嘛，你娃儿就是讨厌，生来就腿软脚炧的。"

唐秋香也来了气："你不能这样骂人呀，软了又怎么样，他又没有到你家锅里舀饭吃。"

"哈，你还帮娃儿长志气嗦，我早就料定，你这种女人，就像那个老母鸡三十年前不抱蛋，生出的崽崽要么没屁眼儿，要么不会叫！你看看，你看看，这是不是老天爷对你的惩罚，还鸭子死了嘴壳硬！"

唐秋香心头一酸，伸手就给刘月生一巴掌，然后抱起他哭着进了门："你呀你不中用，弄得老娘好苦啊。"边骂刘月生边伤心地大哭。

刘月生忍着痛，没有流泪，而是用手去摸母亲脸上奔涌的两行热泪，然后宽慰说："妈妈，以后我不再这样了。"

那架一吵，吵到天黑。刘家院子里几家人的大人小孩全都出来看热闹，有相劝的，有助威的，有不说好歹的。特别是柳娃，知道两家大人有矛盾，自己还受宠，一上学就戴上红领巾，加入少先队，一放学就到刘月生面前显摆。经常欺负他，调侃他走路是个跛子，见书是个瞎子，还骂他是个龟儿子。

这天，柳娃也毫不含糊地站了出来，帮他老汉助威。他走到刘月生面前朝他"呸呸呸"吐了几口痰，还不停地骂："不要脸，小偷！"

两家人的这架一吵，吵得没完没了，直到刘为林从地里回来，没声没气地把自家房门关了。

门外，柳成奇还在骂："要不是看在隔壁邻居的分上，老子这个基干民兵不抓你去乡上关几天，不算失职才怪！"

第三天

刘月生全然不知道地窖外的世界发生了什么，也不晓得日子过了几天。他刚回忆完那件往事，耳朵里又发起岔来，"叽叽叽"作响。昏昏迷迷中，总是听见喇叭在广播。那广播的声音，仿佛倒回去了好多年。

那时候，正值"无产阶级文化大革命"如火如荼中，生产队给家家户户安装上了有线广播。喇叭圆圆的，中间有颗针，四周的纸壳一振动就会发出声音，一会儿说话，一会儿唱歌。天天还要播放《红灯记》《沙家浜》《智取威虎山》等八个样板戏。

刘月生逗公鸡玩耍横遭恶训后，便改为每天与广播做伴。学说话，学唱歌，懂得世界上的很多知识和道理。有时还将喇叭抱在怀里，贴到耳边听到睡着为止。半夜，广播停了，声音没了，才算过完一天的时间。遇到雷雨季节，他奇怪地发现那喇叭会放电，发出"嚓嚓嚓"的声音。一天，他将喇叭拆了看究竟，想知道里边是不是有真人在说话唱歌。没想到这一拆，"人"没找出来，喇叭却复不了原，再也听不见广播说唱了。他急得满头大汗，情急中锯圆木为轮，造板车代步，第一次独自逃离刘家院子。一路艰辛，一路跌宕，磕磕绊绊，半天时间才滑行到镇上，来到母亲曾经带他来剪发的铁匠铺。这一举动，令张铁嘴大吃一惊，他看着刘月生磨破皮的双膝，一边既心疼又钦佩地说："这娃儿的毅力，不简单！"一边像待亲儿子一样，嘘寒问暖，忙去打水洗脸，拿红药水擦外伤，还拿糖果给他茶歇，差人去割肉买蛋，办招待。

张铁嘴放下手上活，铁也不打了，陪着刘月生说话，帮他一一解答诉求问题。

刘月生拿着那个坏了的喇叭说："叔叔，我将喇叭弄坏了，没了耍伴，一个人在屋里很无聊，来求你帮修好。"

张铁嘴接过喇叭摇了摇，细细地看了一下说："只是磁铁松了，焊接一下就好了。"他指给刘月生看，坏在何处，焊在哪儿，哪根线头接到正极，哪根线头接到负极，诸多技巧，一一指点。

刘月生边听边看，记上心头。不时还好奇地问："叔叔，还能教我修理别的电器吗，像你一样有门手艺？"

张铁嘴心疼地看看聪明的刘月生说："你还小，应该上学读点书，学点知识，认识点草药，把病治好，长大了才有出息，才能找到铁饭碗。"

刘月生觉得张铁嘴讲的都是些大道理，苦求似的说："不嘛，我要学门手艺。"

张铁嘴看出了刘月生急于求成的心态，犹豫片刻说："我想跟你妈商量一下，把你接到我这儿来，先读几天书，跟其他娃娃一样上学。我这里离学校近，不用走多少路。你看要不要得？"

刘月生一听有书读，心里顿时乐开了花，爽朗地回答："要得，要得！不过，今天得帮我把喇叭修好。"这个现实的请求，合情合理，更符合他的童心。

张铁嘴随即去扯了几下风箱，拎起锤子开工打铁。他打了把烙铁和镊子给他，还送他四个带滚珠的铁轮子，更换在板板车上。

刘月生趁张铁嘴去打铁的机会，好奇地到里屋拨弄收音机，当将其一节节的天线抽出来时，广播里的说话声便越来越清晰，而且还能收听到好多个广播电台。心里想，这天线真神奇，要是拿回家去安插在喇叭上就好了。他左扳右旋，没想到用力过猛，几下就把收音机上的天线扳断了。他损坏了人家的东西，又怕挨吵，干脆收缩成一截，悄悄地藏在裤腰间"偷"走，拿回去"研究研究"。

刘月生回家后，兴奋得睡不着觉。摆开台子修喇叭，还将另一只拆了的喇叭也修好了。接上广播线，喇叭果然又发出声音，开始说话唱歌。此时，全天的节目就要结束了，正巧在播放《国际歌》，他也跟着旋律哼哼起来：

快把那炉火烧得通红
趁热打铁才能成功

刘月生跟着唱，越唱越觉得浑身有力量，越觉得找到了希望。他打算学一门修理电器的手艺，自食其力。

第二天晚饭时，刘月生把向张铁嘴学手艺的想法说了出来。唐秋香第一个反对说："你年纪那么小，身体又不好，铁锤也拎不动，学啥子打铁匠嘛，灰不溜秋的，又脏又汗臭！"

刘月生坚持说："妈，我是学修理电器。铁嘴叔叔愿意教我。他还说让我到他家寄宿，去镇上读书，学文化，才能学到更高技术。"

刘为林斜了一眼刘月生，有点不高兴地说："你到他家去住？他是你爹……爹……爹呀？莫屎名堂！"

唐秋香见他们父子的话不对劲，赶快打岔说："算啦算啦！命中只有八合米，走遍天下不满升了。"

刘月生的第一个梦想就此破灭了。从那天开始，他开始在家里捣鼓喇叭，拆装电筒，以及后来调校收音机。没有焊锡，就用牙膏皮熔炼成铅块替代，没有万能表，就用手指的神经去感应。在他脑子里，深深地烙下了废物利用的道理和潜在效益。他还从收音机里听到了"文化大革命"的结束，各种时事新闻。他还了解到改革开放的步伐，历史变迁的速度。可后来，科技发展，体制转变，农村广播没了，收音机也少了。他学的技能渐渐淡出，不久就失业了。

时光流逝，岁月如梭。大梦一场，当梦醒时分，却什么都不见，也什么都不是。刘月生还是刘月生，而且还一年不如一年。他一次次想起《国际歌》："要创造人类幸福，全靠我们自己……"他在梦里再一次告诫自己：坚强起来，活下去，活着就有机会！

第四天

刘月生饥饿难耐，有气无力。满脑子想的是找吃的，他摇摇矿泉水瓶，没有水，小便了，就将其接了喝进肚里……梦中仿佛看见父亲为了他而演绎出的找米的故事：

有一天，张铁嘴路过刘为林家门，见刘月生瘦得似干柴，饿得哇哇直哭。心里一嗔，对刘为林说："当哥的，你不能看着这娃儿饿死啊，他虽然有病疾，总是个人啰，而且还是个长有茶壶嘴嘴的哟。"

刘为林惭愧地说："哎呀，早些年我们把能吃的树皮、苞谷叶子和秆秆，能吃的都吃了，你看，我吃了观音泥，屎都拉不出来，天天都要用手指塞进屁眼里去挖呀挖呀，拉一次屎的时间，差不多要犁……犁一丘田！"

刘为林沉默好一阵又说："兄弟呀，你还记得那年头，为了吃一顿饱饭，我们两个不惜冒着挨打坐牢的风险，偷……偷生产队的稻谷的事么，现在想起来，真是好笑啊。这不都是为了娃儿么。"

张铁嘴说："唉，都是为了养活儿子。想不到，想不到那儿子是这个命，造孽啊。"

说着说着，他们两人就像回到了从前，回到了那个自编自导自演"偷稻拜干爹"的滑稽戏里。

那是70年代初的一个秋天，正是青黄不接的时候，生产队的早稻成熟了。

晒谷场上，金黄的谷子在阳光下晒得油亮亮的，要是立即褪去谷壳，就是白花花的大米。新米下锅，煮出的饭不知有多香，让人充饥解馋，吃一顿饱饭。

生产队早有规矩，凡是夏秋收获季节，都要派人轮流值夜班，照看粮食，并且必须是两个人，一个基干民兵搭配一个强劳动力。进入粮仓的粮食必须天天验秤，加盖灰斗做记号，交接班十分严密谨慎。灰斗的记号是"天"和"地"，哪一天盖"地"，何时用"天"，由生产队队长确定，有时此晒谷场用"天"，彼晒谷场就盖"地"，使人难以仿冒，预防粮食短斤少两或者被盗。每天加盖印记后，灰斗由保管员专事保管，并两人各持一把钥匙，保管在保管室里，只有两人同时到场才能打开房门取出灰斗。

那天张铁嘴见到刘为林，就凑近刘为林的耳朵悄悄地说："现在生活虽然好点，但青黄不接时仍然揭不开锅啊。我倒有个办法，不知行不行，今天晚上轮到我照看晒谷场，另外一个人有事，已经悄悄跟我说好他请个私假，要我包涵包涵……"

天还没黑到头，张铁嘴和刘为林的心情忐忑不安，还没做贼，心先虚了不少。然而，他们的心情从来没有这么急切过，总去望望西边，巴不得伸长腿把那还有丈把高的太阳踢它一脚，使它像球一样赶快从山那边滚下去。

天终于黑了，月亮悄悄地爬上山来。按照预先计划，刘为林先是背柴火假装路过晒谷场，故意咳两声，与张铁嘴接上暗号，紧紧张张地从口袋里掏出那张准备好的白纸。

张铁嘴眼疾手快，将报纸铺到已经盖过有灰斗的谷堆上，按照灰斗的"天"字透出的影子，用铅笔勾勒出了一个空心的"天"字，赶快交给刘为林。

刘为林拿着灰斗的拓片，用柴火遮住头和脸，故意不让月光照见，兴奋地跑回家，关起门来在早已准备好的一个四方形纸盒的底部，仿照拓片勾勒出一个"天"

字，然后用小刀镂刻出空心，一个灰斗就做成了。接着，他装上石灰，悄悄从后门溜了出去。

刘为林再次来到晒谷场。月光下，仿佛周围的竹木和树林，根根都像持枪的民兵，既像是为他站岗，又像是前来捉拿他的人。他吓出一身冷汗。

月光从房顶的亮瓦中射进一束银光，稻谷像一座座小山头，还像一座座金字塔，在仓库的地上高耸着，如果是变成饭团的话，他们定会大口大口地咬上几口。

张铁嘴这时也真的像一个铁嘴，一句话都没说，只顾给刘为林打手势。

刘为林撑开布口袋，张铁嘴赶忙往口袋里装稻谷。

突然，谷堆"哗"地一下梭了下来，盖在上面的"天"字全都没了轮廓。吓得他们虚汗直冒。这"天"没了，要么被天狗吃了，要么遭人偷了，这还了得！

此时，张铁嘴终于开口了："你赶快把这半袋谷子背走，这里的事我来处理！"

刘为林也急得要命说："那，你……你？"

张铁嘴只顾摇头晃脑，示意："快，要是天亮了，什么都完了，快走！娃儿的肚皮要紧！"

刘为林出得晒谷场，跑步如飞，自己脚步的回响声紧随其后，仿佛身后有人追赶，跑一段他又回过头看一看，确认无人追赶时，才继续赶路。他死死地攥紧布口袋，生怕稻谷漏洒在路上，落下把柄，害人害己。

张铁嘴目送刘为林走后，胆子却壮了许多，他细心梳理着谷堆，将假灰斗轻轻放在谷堆上，一个个地盖上"天"字，不久，满"天"写在谷堆上。谷堆上补了"天"，自己好像成了女娲。

谷堆恢复了原样。此刻，他的心才静下了来，肚皮里直呼："天意呀，天意！"

第五天

刘月生在地窖里饿得奄奄一息，有气无力。他想翻身，没力气翻，他想抬头，也无力抬起，他想挣扎，更不能动一动，只好用手指的感觉触摸地窖里的泥土，哪知此时的地窖里泥沙太深，一个红苕种都没摸到啊。

刘月生想起红苕，立即想起了母亲。他糊糊涂涂的，感觉手里紧紧握着唯一的半个红苕，已经握出水了也不放。红苕的影子在满脑飞舞，他亲眼看见母亲唐秋香"偷苕遗恨"演绎的爱恨情仇，像针一般刺扎着她的每一根神经……

那年，家里无钱买红苕种，也无钱买药给刘月生治病，他痛苦得哇哇大叫。一天夜里，唐秋香在月光下悄悄地跑进生产队刚下种的红苕地里，颤抖地拔起几个红苕种，擦擦上面的泥土和刚施过肥的粪便，藏在背篓里的猪草中，慌慌张张地往家跑，准备移栽到自家地里。谁知那背篓底部烂了一个洞，一个红苕在路途中漏在了回家的路上。

　　红苕地里的红苕种被人拔了，这还了得。当民兵们巡逻时发现情况后，全村上下敲锣打鼓喊抓贼。

　　唐秋香回家后，把一个红苕洗了洗，放进吊锅里，正挂在火塘上煮，还没煮熟，刘月生又饥又饿又痛，哭喊声越来越大。于是，她舀出一个半生不熟的红苕给他充饥。

　　刘月生正吃着，门外响起急促的脚步声和喊声："开门、开门，各家各户都把门打开。"

　　唐秋香知道坏事了，还没来得及掩藏吊锅里的红苕，门被一脚踢开了。

　　火把的亮光中，站着十来个基干民兵，背着步枪，怪吓人的。隔壁的柳成奇扬扬得意地说："我说嘛，这红苕种都敢偷来下锅煮了吃，像什么话。这不是叫全生产队的人都饿饭嘛！"

　　一个民兵大声喊："人赃俱获，把她捆起来，送到晒谷场关起来！"

　　刘月生才咬了一口的红苕被一个民兵夺过去，吓得他没了声音。

　　一个民兵把锅里没煮熟的红苕，连锅端走；几个民兵押着唐秋香到红苕地里，指认现场。民兵们把红苕一个一个放进地窝里比较，确认无误后，做了罪证的认定。

　　第二天，全村开批斗大会。

　　唐秋香被捆绑着，站在土坯台上。她低着头，长发乱成鸡窝。她没有哭，没有流泪。

社员们七嘴八舌，开始批斗。

有人说："红苕种都去偷来吃，这不是偷吃了集体的粮食，端了大家的饭碗，要把她千刀万剐！"

有人说："没吃的，就上城里去讨口嘛，何必要偷呢！"

有人说："她红苕种都敢偷，她不偷人才怪；不偷人，那娃儿怎么长得既不像她，也不像他爸？"

有人说："送她去关几年，看这个妖精还臭不臭美！"

柳成奇上台，向社员们展示了唐秋香偷红苕种的作案工具：背篓、吊锅等。然后说："我们最恨偷，而且最恨偷粮种的贼。大家说，应该怎么法办？"

这时，唐秋香高昂起头，对大伙说："你不偷哇，去年你借我家的背篓去赶场，偷了人家的高粱，你想'偷梁换柱'，嫁祸我家，故意把背篓丢在高粱地，被人拿去展览。今天你还好意思来说我偷。我偷了，偷了，偷红苕还不是为了救娃儿一命，你们看看，月生都病得只剩一堆骨头了！"

柳成奇听到揭发他偷高粱的丑闻，一下慌了，像一头雾水在满脑子翻腾，手脚不知放到何处。睁大眼珠子看看台下密密麻麻鸦雀无声的群众，顿时感到自己也是个小偷在接受批斗。

柳成奇越想越气愤，原来是背篓留下了后遗症，却被唐秋香当众揭了老底，一股强烈的怒火上来了："大家说，该怎么办她？"说着一巴掌打过去，"你诬陷好人，还恶人先告状，反咬一口！"

看热闹的众人异口同声："打死她！"

柳成奇："我看要教育全村的大人小孩，要爱护集体利益，不要学偷，就叫她挨家挨户去认错，就算对她的惩罚，大家说要不要得？"

"要得，要得！"人群中爆发出吼声。

唐秋香"咚"的一声跪到地上，开口道："求求大家，我并不是有意地去偷红苕种，是我那月生生病又饿得不行了，我想省点钱买药，求你们看在他可怜的面上，饶我一回吧。以后，大家叫我当牛做马，做什么都行。"

"不行，不行，给她挂个牌子，敲着锣，游村去！"有人在吼。

"要得，把张铁嘴的那扇锣拿来，叫她敲！"有人故意讥笑。

不容分说，唐秋香被柳成奇和另外几个民兵拽着膀子站起来，就要押着她去游村。

唐秋香死活不依。

这时候，柳娃也带领好几个娃娃过来看热闹，直朝唐秋香身上吐口水，还骂着："小偷，小偷！"

民兵们用绳子牵着唐秋香的手往前拖。一拖一趔，她倒在地上，始终不站起来。民兵们使劲地拖啊拖。

哪想到，这一拖，把唐秋香的裤子拖脱了，下半身露个精光，她号啕大哭："救命啦！救命啦！"

拖过的地上，殷红的鲜血一滴滴洒在泥土上，染红好长一段路。这时，张铁嘴和刘为林匆匆赶来了。

张铁嘴见状，非常气愤，夺过民兵手中的绳子："像话嘛，乡里乡亲的，低头不见抬头见，你们让人家有尊严吗？赶快放人！"

刘为林跑上去，抱着唐秋香痛哭，给她穿上裤子，看见满地的血，哇哇直叫："完……完……完了，完了，我的儿……儿……儿呀！"

刘为林从来没有这么气愤过，站起身来，义愤填膺，操起旁边的一根棍棒，奋起追打柳成奇，边追边喊："你……你……你赔我儿来，她流……流……流产啦！"

看热闹的人们见状，心头一惊，四散而去。

刘为林将唐秋香扶起，背回家中。

躺在床上的唐秋香呻吟着对刘为林说："你趁天黑，去把我流过血的地上的泥巴刨了背回来。"

刘为林不解地问："你这是……？"

唐秋香又呻吟几声说："那血是你我的血肉，你的儿。哪怕他没有变成人，可他见了天日；即使他面世一天，也是一条命哒。"

刘为林猛然醒悟，拉了一下唐秋香的手说："我……我这就去！"

唐秋香抓紧刘为林的手继续说："你把泥巴背回来，

我们到房前为他垒个假坟，娃儿名字取叫'日生'，记在你家命簿上。还有，今后有人谈论你家有多少人口，就说有'月生''日生'，天长日久，日月为证啊。"

刘为林松开手说："你想得太远了，我这就去……去……去背'娃儿'回……回家……家。"

过了两天，在刘家和唐家的坟山上多了一座空坟，没有牌位，也无碑文。

打那以后，刘月生总问那个坟里埋的是谁，谁也不好回答他的问题。有一次，他去问李平安的妈妈，想知道他的来历，他为什么要拜张铁嘴为干爹，他是不是刘为林和唐秋香亲生的，等等。

李平安的妈妈知道刘月生好奇，就对他说："你是你爸爸妈妈当年下地干活时，发现竹林里有一包东西，打开一看，原来里面是个娃娃，就抱回家喂养起来。那天正好是十五，月亮是圆的，所以就取个名字叫月生。"

刘月生听了半信半疑。又问："那平安为什么对我这么好？"

李平安的妈妈回答说："你妈妈用奶水救了平安，蜂子却把你蜇成这个样子。你是平安的救命恩人，他能不对你好么！"

刘月生这才明白了些事理。从此，再不去打听他的来历了。

几年后，开始人口普查，普查员问唐秋香刘家有多少人员，她总是吞吞吐吐，一下三个，一下四个。要她说名字，也一下"月生"，一下"日生"含混不清。直到20世纪80年代初，实行居民身份证制度，公安机关、民政部门和照相的人员来到家中，按人头登记办理户籍，这才摸清了刘家的实际人口。但由于登记时刘月生的"月"字，被登记人员写成草写，既像"月"字，又像"日"字。

发放证件那天，唐秋香听到喊"刘日生"的名字，没人答应，也无人去领。当喊到唐秋香、刘为林名字时，她挤进人群答应"到了"。她环视四周，发现没熟人，便问："刘月生的到了吗？"

工作人员捡起旁边的一张身份证问她："到底是刘月生，还是刘日生？"

唐秋香爽快地回答："月生、日生都是我的儿。"

她还解释说："月字两边不长脚是'日'；'日'字两边长脚为月。"

工作人员说："残疾人啦？"

唐秋香回答："是的，是的。"

工作人员嫌麻烦："是你儿，你就拿走吧！来签个字噻。"

唐秋香上前去握笔写了几个字，拿起身份证调头就走。

一个工作人员说："你看这个婆娘，穿的还抻抻抖抖，可自己的名字却写得多脚舞爪。"

　　唐秋香揣着"刘日生"的身份证回家后，将它藏了起来。心想，没有刘月生的身份证也好，免得他总想外出去打工，惹麻烦。

　　从此，唐秋香始终把这个身份证的秘密埋藏起来。

　　一天，刘月生向母亲唐秋香提出要身份证，说要带着它跟别人一道去深圳打工。

　　唐秋香阻止说："你看你成天路都走不稳，还想精想怪的，出门去打啥子工嘛，还要走那么远，再遇到个三病两痛，不是更造孽。就在家好好待着，哪里也别去，我们还想你病好后，娶个媳妇回来，让我们享享福。"

　　刘月生听母亲如此说来，没了戏，生气地说："你不给我身份证，是侵犯了我的人权！"

　　唐秋香更生气地说："什么人权不人权，难道你不是我生的？"

　　刘月生辩驳地说："是你生的，你就限制我的人身自由么，你完全是个独裁！"

　　唐秋香听不懂什么叫"独裁"，强硬地说："管你什么裁不裁，不给你就是不给你！在家好好跟我待着，不要做梦想出门了！"

　　从此以后，刘月生心里总是耿耿于怀，怨恨母亲藏他的身份证。

第六天

　　在地窖里的刘月生已经不省人事，脑子糊涂，醒来想死，睡去想活，梦里总是家事，梦里梦外都不是滋味，心酸难过。他思念母亲。母亲为了他，忍辱负重，含辛茹苦，没给他少吃，没给他少穿，没给他少求医治病，一生受尽了折磨，哪怕是坊间舆论、世俗，还是自己的生理原因。他想到这些，忍不住眼泪流了出来。

刘月生仿佛又听见门外有声音，虽然声音已经远去，自己却因咽喉干渴沙哑始终发不出声。在地窖中晃动了一下身子，感觉还有知觉，自己告诉自己，一定要坚持下去，一定要活下来，一定要等到老父老母回家。因为这家是唐家祖宗传下来的，已经好几代了。如今虽改姓刘，要是自己真的死了，唐家"断子绝孙"就被人言中了！

刘月生想起这家，又想起了父亲，想起了父亲始终不愿多说话，其中定有隐情。

刘月生被毒蜂蜇了留下后遗症后，刘为林成天想再生一个儿子，可哪里想到实行计划生育的政策开始在农村展开了。

生产队宣布实行计划生育政策后，随即将第一批列为结扎手术的男人名单贴在晒谷场的墙上，名单中有柳成奇、李平安、刘为林等十个人的名字。居然在刘为林的名字后面打了一个括号，写着"遗传病"三个字。

人们看后讥讽刘为林性无能。也有人说，不应该送他去结扎，因为他只有一个娃儿，别人都是两个小孩以上，这不合政策。

刘为林心里清楚是柳成奇整他，伸手去撕那张公告，边撕边骂："明明是整……整……整老子！我有……有锤子个病啦。有本事，把你婆娘叫来我搞……搞……搞试试！"

刘为林的举动，村里人都心知肚明。

其根由是柳成奇受了胯下之辱后，多年来一直记恨在心，发誓要报仇，让唐家、刘家绝后。雪恨的时机终于来了，手段毒辣，他要利用国家政策，编个理由报私仇。他与生产队队长商量好，理由是刘为林患过"见花败"的毛病，谨防传染下一代。于是，以"遗传病"为借口，要强行把刘为林送进医院去做结扎手术。

说来也巧。那天，张铁嘴回到刘家院子看望母亲，他还打了一个铁环给刘月生送来，送了一把剪刀给唐秋香。

唐秋香高兴得又是沏茶，又是煮糖鸡蛋，以表谢意。刘月生得了铁环，歪着脖子瘸着腿兴奋地到院坝中玩耍去了。

张铁嘴见机会来了，像疯子似的抱住唐秋香在屋里乱亲乱吻。他们激动得不知白天黑夜。没想到刘为林悄悄回家了，看见眼前一幕，气愤地抢起一根锄把要打。怒骂道："你……你也欺负老子，他妈的！隔……隔……隔壁邻居都……都是些屁眼虫！"

张铁嘴见势不妙，求饶道："哥哥，我遭蚊子咬了，来请姐姐揉揉，见笑啦！"

刘为林停了一下手中的锄把，没打下去，气愤地骂："揉你妈……妈……妈个屁呀，揉！"

张铁嘴装作傻笑起来，一边夺下刘为林手中的锄把，一边摸摸脸上的红疙瘩，说："哥哥，你看看，我不骗你！"

刘为林斜眼一看，果真他脸上有红肿包块，便息了怒。

这时，刘月生累得满头大汗进了屋，看见三个大人互不言语，生着闷气，忙对母亲唐秋香说："妈，干爹对我太好了，一定留他吃了饭才走啊。"

唐秋香使劲掐了一下刘月生的屁股，痛得他哇哇大叫，他不知是什么惹母亲生如此大的气。

刘为林见儿子哭泣，"唉"了一声便出门去，坐在那个石凳子上吧嗒吧嗒抽闷烟。

张铁嘴随即出门，有些内疚地说："我走啰，走啰，还要回去打铁！"

哪料到，他刚要下门前的梯坎，被刘为林叫住："站倒，我问你个事！"

张铁嘴以为刘为林要扣留他，老远地回答："哥哥，你说嘛，我听得到。"

刘为林不解地问："这结扎是做啥子嘛？"

张铁嘴见他并无恶意，慢慢靠近回答："这个都不懂，就是把你金包卵上的那根筋割了呗！"

刘为林好奇地又问："那，这不就成了太……

太……太监么?"

张铁嘴说:"做了结扎,恐怕日后你那玩意儿就没子弹了。即使有几颗子弹,也是放空炮,造不出人来!"

刘为林谦虚地说:"别乱说,别乱说。我是担心今后没劳力,干……干不成体力活。"

张铁嘴也不满地说:"管他哟,祖祖辈辈都是个种田的命啦!"

刘为林叹了口气说:"唉,我月生又有病疾,我做梦都想多生几个娃儿,可……可这家伙……我急……急呀!"

张铁嘴吃惊地:"急啥子嘛,急!命里有时终归有,命里无时莫强求。"

没想到,刘为林和张铁嘴的对话被刘月生听进心里去了。他找母亲唐秋香问:"你们是不是不爱我了,也不要我了?"

唐秋香被这莫名其妙的问话感到一阵纳闷:"没有啊?"

刘月生气愤不平地说:"我刚才听爸爸说,你们要生弟弟!你再生弟弟,就是不要我嘛!我有病,成了你们的包袱。如果这样,我就跳河算了!让你们多生几个!"

唐秋香一时语塞,木愣半晌才上前去一把抱住刘月生说:"哎呀,你爸爸他们乱说的。哪个敢不要你嘛,你是妈身上掉下来的肉!"说着,母子俩哭了起来。哭得刘为林不知所措。

几天以后，刘为林被迫去医院做了结扎手术，回家休息了两天，就得下地干活。

那些年搞政治运动，缺医缺药，缺粮缺油。为了让刘月生多吃一块肉，长好身体，大人舍不得吃舍不得穿，唐秋香曾经为此跟刘为林大动肝火。

记得有一天，家里请了许多人帮忙插秧。午饭的时候，大人们在桌子上吃饭。唐秋香把一块肥肉埋在米饭下面，悄悄端给席下的刘月生。

刘月生吃着吃着，突然发现碗底有东西，说："爸，这肉好吃，我还要。"

刘为林转头一看，下力的人都只吃点南瓜煮四季豆和炒茄子，半点肉星子都不见，就你娃儿有肉吃，一点面子都没有，火气顿时来了："搞什么名堂，清汤寡水的，一点捞捞儿都没得。老子搞了结扎，有气无力，下地干活都没肉吃，顾啥子娃儿，他是在家要……要的嘛！"刘为林冲唐秋香大发雷霆。

唐秋香一把拉过刘月生，在其屁股上使劲掐了一下："都是你不中用！"

刘月生哇哇大哭起来，手一松，饭碗掉地，摔成碎片，还有一根肉筋筋粘在碗片上。

刘月生弯下腰去，赶忙把那一丝肉捡起来塞进嘴里。

刘为林朝唐秋香发火，把桌子一掀，气愤地："吃……吃……吃你的肉去，妈的！"

诱
惑

说着出门，下田去了。

唐秋香抱着刘月生在家里哭得死去活来。

这一幕被刘月生牢牢地记在心间。从此，他瘸着腿，学习打草鞋卖了十多块钱。第一次对母亲说："妈，你拿去买斤肉，我们一家打打牙祭。"

母亲知道儿子的心事。心一酸，流出泪来。

第七天

此时的刘月生在地窖里生存了七天七夜了，身体早已虚脱。梦也做不起来，偶尔做一个还是噩梦。他梦见母亲从天上飞来，像个仙女一样，头上披着白毛，婀娜多姿，降落在院子中间。一阵狂风起，她突然变成了个魔鬼，头上长着犄角，眼睛吐着怒火，两根獠牙有尺多长，双手的长指甲，五颜六色像一把把锋利的刀子。她推开了地窖的盖板，双手凶残地掐他的脖子。刹那间，她全身的肉不见了，变成了一个骷髅。

刘月生"哇"地狂叫："有鬼，有鬼！"可他怎么也叫不出声来。他用力晃晃脑袋，原来喉咙干起了灰，想喝水。他在梦中摸到了矿泉水瓶，用嘴舔了舔。两颗泪珠滚进嘴里，有些咸，有些苦涩。心想，母亲是这样的人吗？

刘月生梦见自己跪在母亲面前："妈，妈呀妈，我不怕死，但我怕火烧！你带我走吧，千万不要送我去火烧啊！"

唐秋香扶起刘月生："妈答应你，死后不送你去火烧！再说，妈也没钱送你去豪华烧的呀！"

刘月生心里清楚他妈妈是人不是鬼，可事到如今身子动不得，脑子糊涂着，他想给妈妈打个电话，可话也说不出来了。唯一的方式，默念《给妈妈打个电话》的歌：

给妈妈打个电话
拿起听筒
拨完号码
妈妈的千言万语停不下
汇成一句心里话
过年回不来了
通个电话就温暖到家

过年了
想起妈妈说过的话
她曾经心乱如麻
十月怀胎的日子
尝尽酸甜苦辣
教我行走教我说话
跌倒叫我把痛吞下
一辈子记住妈妈的话
爱是遥远的牵挂

诱
惑

给妈妈打个电话
按下免提
拨完号码
妈妈的千言万语停不下
汇成一句倾心话
如果回不来了
通个电话也幸福到家

再见了
想起妈妈叮嘱的话
她深深爱着老家
天塌时想做女娲
地陷了也不喧哗
还有一句铿锵的话
不再山海筑篱笆
一辈子记住妈妈的话
自强才能说硬话

六

刘月生还活着，算得上大难不死。唐秋香和刘为林赶快打电话，将这个喜讯告诉了村长李平安。

回家后的第二天，唐秋香接到村上的通知，去开村民小组大会，据说要宣布井喷损失赔偿政策。

已经好多年没有像这次开会来得那么整齐了，全村人只要返了家的，都来了。死了人的家庭早已知道赔偿的标准和条件，刚把亲人的骨灰下葬埋了，就盼着兑现赔偿金。没有死人的家庭，也在等待政府赔偿鸡鸭牛羊和小猫小狗的款子。

　　村民大会在村长李平安家的院坝里举行。刚从医院出来和村民一起回家的李平安有些疲惫，内心深处饱含着对死去的老婆和女儿的悲伤。可是，村里的事情还得继续干，他的精神是强打起来的。

　　村民陆续从四面八方的家中来到李平安家的院坝里，互相问候打量，仿佛少了许多熟悉的面孔，多了些陌生人的脸面。少了的人，他们去了另一个世界；陌生的人是市、县、乡来的"一帮一"的干部。还有各种保险公司和民政部门的理赔专员及新闻记者。

　　人群中有市县来的官员，他们要求喝农家的水泡茶，还要在农户家一起吃中午饭，表示让农民们放心进食用水，体现政府的关怀。

　　会议开始了。李平安宣读政府向全镇发出的《通告》，主要内容是组建救灾粮发放领导小组，村社干部提供服务，社员代表管钱、管物、管账并组织发放，进村工作组对发放过程实施监督等等。

　　李平安接着说："我再讲两句话：一句话是这次我们受了灾，党和政府对我们受灾群众是高度重视和关心的，全社会都对我们给予了同情和援助，真是'灾害无情党有情'，体现了'一方有难八方支援'的社会主义优越性；第二句话是请大家自尊自重，不要向政府提非分要求，不做越轨之举，不辜负党和政府的关怀，社会的厚爱。

"这次井喷事故，虽然给我们的生命及财产带来巨大损失，但党和政府及时地给予了我们救助，现在又制定了赔偿补偿政策。现在我向大家宣布一下，在事故中遇难者的补偿标准为：70岁以下补偿20年，70岁以上的每增加一岁减少一年，但补偿年限最低不少于10年。每人每年补偿7238元人民币。

"另外，各家各户死了的牛、马、羊、鸡、猪等牲畜，自己申报，村委会审核，届时政府将按当地市场价的标准进行补偿。政府制定了《家养动物损失赔偿项目及标准》，等会儿给大家念一念……"

李平安的话还没讲完，人们的议论之声早已像开了锅的水，沸腾了。多少人大悲大喜，多少人啼笑皆非，多少人思绪万千，多少人口无遮拦……另一场"井喷"，闷闷地在人们心底爆发了。

死了人的人家，暗暗地板起指拇在算，能够得到政府多少补偿，人死得多的人家，得到的补偿越多，有的几十万元，有的超过百万元。"哇，八辈子没见过这么多钱，往后不知该如何花销？"

没有死人，只损失家畜的人家，也在算计能得到多少补偿。有的想虚报、瞒报，反正死了的东西都已埋了。没死的，要嘛飞了，要嘛跑了，无以对证。

有人一听赔偿标准便牢骚起来了："……猪，他妈的猪赔得最贱，仔猪4.4元1斤，架子猪3.8元1斤，肥猪3.6元1斤，母猪5角钱1斤，真是贱了。牛也分大小，大牛3000元一头，小牛也得1500元一头；鸡，大鸡45元一只；鸭，大鸭35元一只；鹅，大鹅50元一只，小的也有30元；兔，分毛兔和肉兔，大毛兔150元一只，大肉兔100元一只；鱼，什么烂鱼都是8元一斤；猫，100元一只；狗，大狗150元一条，小狗100元一条……"这样一来，便宜了养鸡养鹅养鱼的了。在这穷山沟里，一只鸡一只鹅平时哪里卖得起45元、50元？

唐秋香一边心里盘算着几只鸡鸭的数字和赔偿金额，一边去一堆堆人群里"偷听"议论。

山后的张家，死了九口人，老少合起来一算，政府要赔偿一百多万元，用背篓要背两背篓，活着的一老一少，不把背压弯了才怪。那么多钱拿到手上，光数钱就要数到手抽筋，更不知道怎么去花销。

山前的李家，老少全死了，留下一个独儿子，还不懂事，就有了几十万元的存款。那娃儿一夜间成了富翁，据说有很多人都去争养这个孤儿。这哪里是去养人，是看中了那笔钱！

有人在说柳家的事。柳成奇的二儿子柳代运娶妻周英，生子柳光兵，因为其母王氏精神失常，受此遗传因素，柳代运也不时显出精神失常现象。两年前，周英突然弃下十岁儿子离家出走，一去不回，后来有证据表明，周氏离家后即在邻乡与人同居生子。灾难中，柳代运和儿子柳光兵同时罹难，周英闻讯立即赶来，要求享受她应有的权利。

家族中立刻掀起轩然大波，有鉴于周英既不赡养公婆，又"背夫弃子"离家私奔，家族中一致强烈要求取消她领取抚恤金资格，并追究她的遗弃责任。

柳娃因在县里的司法机关当了个协勤，懂得许多法律的条款，对着他的兄弟媳妇就是一顿训斥："厚颜无耻！平时到哪里去啦？这个时候倒来啦！"

柳成奇虽去世，柳家则由他老伴马尚凤主事。她知道昔日的儿媳妇回来要分抚恤金，气愤地说："你们评评理，有病的公婆不管，有病的老公不管，已经是丧尽天良了，你竟然连自己的亲生儿子也不要了……这几年我们容易吗？现在倒来摘桃子啦，妈的，跟我滚！"

理赔大院内一时间舆论汹汹，几乎所有的人都把愤怒的手指指向周英的代理人周喜，部分理赔工作人员也动了感情。

但是理赔负责人在这时保持了冷静的头脑，首先召集法院干部和律师团，确定不能以道德判断影响司法判断的原则，其次迅速调查周英是否犯下重婚罪。调查结果显示，周英与人生子属实，但是并未与人结婚登记，原有的婚姻关系并未解除，应视为有效，她的理赔诉求，于情不容，但是"于法可容"，关键是由"一帮一单位"做通柳姓家族的工作，情法并举，解决矛盾。

经过两天两夜的马拉松式谈判，双方终于达成正式协议：柳光兵死亡时为13岁，其中由柳娃代为抚养2年，按死亡抚恤金总额14万元计算，也就是柳娃应分割2.2万元，其余由周英所有；柳代运的死亡抚恤金14万元由周英和婆婆马氏对半分割。

柳家的事上了法庭，遭到村里人笑话。

清官难断家务事。还有人在说村里程姓媳妇的事。

程菊嫁给晓阳村廖福12年，有子廖海11岁，在井喷灾难中，丈夫和儿子俱亡。而且原先一起生活的婆婆也当夜身亡。程菊因为在广东打工而幸免，从娘家人处获悉噩耗后赶回料理家属后事。

程菊自述和丈夫感情良好，赴广东打工三年未归，在服装厂工作，之所以三年不归并非因为另有"男人"，而是一心想挣钱。这次回来奔丧，男方亲戚却以此为由，"剥夺"她的抚恤金，当地人也把她视同周英一样谴责，呼天抢地哭喊也没人理。

"你的结婚证明呢？"理赔员问她。

"被他们撕了！我回来怎么也找不到！"程菊说，户口簿也不在我手里，男方在政府部门里有亲戚。

程菊是一个老实巴交的打工者，和大家一样，就是为了省钱不回家，从没有看见或听说像她这样的人会有什么"男人"。

程菊确实在外打工三年未归，男方亲属对她意见很

大，反对她领取抚恤金，舆论也对她不利，但严格说，
"三年不归"是夫妻俩的家务事，她男人生前没有公开
对她表示不满，他人怎么可以对她做出"道德审判"？
退一步说，就算她男人对她不满，我们也不能因此就影
响对她的抚恤金发放。

程菊拿不出证明她婚姻关系的文本，无法在法律上
确认她和廖福的配偶关系。

程菊拿不出她的结婚证，民政局的档案是可以查
的。存根何在？其次，倘若民政局"档案遗失"，那就
可以到派出所查户籍，户籍同样可以确认程菊和廖福的
婚姻关系。

手机响了，程菊在电话里说，舆论压力实在太大
了，她只好让步："都把我比做周英，可周英跟我不一
样，毕竟她和别人有了孩子，我什么事都没有啊？！不
就三年没有回家吗？我的律师也被人威胁了，委屈得哭
了好几次……"

唐秋香听着"龙门阵"，才知一场井喷后，几天不
见面，乡里乡外发生了那么多稀奇古怪的事，心里一下
震颤了。她想着自己为什么不死，老头为什么不死，儿
子为什么不死，活在世界上有多少罪要受啊。她想着想
着，脑子里一片空白，模糊了。她根本没听清楚会场上
在说些什么。

散会了，死了人的家庭，虽然脸上有些悲哀，但
心中却因为获得如此丰厚的赔偿而得到安慰。死了丈夫

的，却想到如何改嫁；死了妻儿的，已经抱着巨款想到另娶新欢。

唐秋香拖着艰难的脚步走出会场不远，毅然回了头，她走到村长李平安面前，十分贸然地问了一句："现在死的人还算不算？"

也许李平安没有听明白，还是忙于跟别人解释政策，没有理睬。

七

唐秋香心头一急，转身、掉头，直朝自家方向走去。一路上，她在想，好个李平安，要不是老娘当年救你，我刘月生也不会病残成今天这个样子。

可是回头一想，这几十年来，李平安也没有少为刘家说话，为刘家谋利。就拿改革开放包产到户和分田分地来说，他总是向着刘家，他总是觉得欠着刘家什么。井喷发生后，也是他第一个来家里叫我们跑出去的呀。想到此，唐秋香在心底里一次又一次原谅了李平安。再说，这次井喷，他家也死了人，老婆娃儿都走了啊。

唐秋香走在回家的路上，她看见满山的新坟。

有人在坟前哭泣，有人在坟前烧纸钱，有人在坟头挂清。

柳成奇的孙子提着好几串鞭炮，在路上一串一串点燃，每点一串鞭炮，就是他的一个亲人倒下的地方。鞭炮响过，升起一团团烟雾，那烟雾淡淡的，带着悲伤，带着思念，带着亲情，渐渐地融入空气中，仙气般地消逝在山野里。

唐秋香的脚步越来越沉重，走了很久很久，却感觉到总走不回家。她走过青春荡漾的小河，走过年轻时唱过山歌的田野，走过砍柴割草的荒山野岭，走过饥饿困乏的土地，走过集体劳动的时代记忆，走过孩子流产的地方，走过养育儿子的艰难岁月，走过井喷烧焦的山脊……走着，走着，家里的那个残景又浮上心头，她恨着自己，恨自己年轻时出身不好，恨自己没有嫁个有权有势有本事的男人，恨自己没有生个有用的儿子，恨自己衰老得这么快，恨自己没有在井喷中死去……

唐秋香回到家，见刘为林依旧坐在门口的那磴石头上，像雕像般一动不动，要不是从嘴里冒出几口烟雾来，外人定以为是个石头人。他面朝井喷方向，不知脑子里在想些什么。

偌大一个院子，死眉秋眼的。

唐秋香走进家门，堂屋的火塘边传来刘月生的呻吟："妈，我痛，你买点药来给我吃嘛。"

唐秋香掀开盖在刘月生身上的布单子，一股臭味扑来，全身上下的褥疮已经溃烂，脓水横流，他十分痛苦，又很可怜。

唐秋香心一酸，两眼泪花闪动，泪水唰唰地流了出来，滴落在刘月生的脸上，心里长长地叹了一口气：

"唉……"

唐秋香见此状况，心里矛盾着，突然来了火气，大声地喊："刘为林，你这个老不死的，儿子病成这个样子，你还不进屋帮帮忙！"

刘为林拖着沉重而疲乏的脚步走进门来，帮着唐秋香给刘月生擦身上的脓水。

唐秋香自言自语："唉，要是我们都死了，你咋个活啊！"

刘为林一声不吭，坐在火塘边又抽起闷烟。

唐秋香把白天在村民会上宣布的死人赔偿标准，听到的柳家、程家为争财产打官司的故事，一一讲给刘为林和刘月生听。从她唠叨的话语中，隐约听得出她对灾难事故的恨，对赔偿和救济方法的一些不满情绪，对自家人不中用的自责。

这一夜，唐秋香一家人各自把头捂在被窝里，想法多多，没有好好合眼。

八

第二天，村里通知村民们到镇上去领救灾物资。

唐秋香对刘为林说："今天你去领粮，顺便给月生买点药。"

刘为林眨巴眨巴嘴上的旱烟锅："还……还是你去，我不晓得买啥子药好。就要过年了，我去地里扯几棵菜，不知道毒气过了，还能不能吃……吃。"

唐秋香有些气愤："你一天阴斯倒阳的，死也不出门，一辈子就只晓得守着巴掌大的地块。你死了，把你埋在那里算啦！"

刘为林回答道："死……死……死了倒好，还能给你留个几万块钱，可惜鬼都不接收我哒。"

"你去不去？"

"我不是说了，不……不去。"

"不去，不去算啦，你这条拉不出圈门的猪！"

唐秋香边骂边出门，去镇上领粮。

镇上救灾物资发放点。人们排着长队，按村、户、人口分发物资。

唐秋香排了很长时间的队，终于等到喊自己名字的时候。

"唐秋香、刘为林，二人，米两袋。"

唐秋香心里又咯噔一下：我家明明三口人，为什么又只发两袋米？她立即问："这，怎么？我家还有月生！"

"这是撤离到县城的登记人员名单。"发粮人员翻着本本给她看。

唐秋香气了，接过两袋米，自言自语地边走边说："活着的人没吃的，死了的人吃不完。月生呀，月生……"

唐秋香走到镇东头，不知不觉就要出街了，突然又想到刘月生病得不轻，于是倒回到街上，去给他买药。

唐秋香来到诊所，找到李医生。

李医生问："谁生病了？哪里不好？"

唐秋香回答说："还不是月生病了。"

李医生吃惊地问："月生还活着？"

唐秋香叹了口气说："造孽呀，不晓得是哪个的，躲过了初一，恐怕难逃十五了。这回旧病复发，全身都烂了！"

李医生同情地说："这娃命大。那要吃青霉素，把药量加大点，消炎！"

唐秋香在诊所买了青霉素胶囊和外用消炎药水，鬼使神差地又到地摊上转了一圈。

一个算命的先生靠墙坐在凳子上，见唐秋香一个人走过来，忙招呼，嘴巴像放鞭炮似的，叽里呱啦说个不停。

听了一阵，唐秋香一声不吭，摇了摇头，侧边侧边走了。她走过镇上的街道，耳闻打牌的人们正吵闹。伸头斜视，办丧事的遗像下，获得赔偿的人家赌博正浓，三个一桌的在斗地主，四个一桌的麻将搓得砰砰响，根本看不出有悲情，更感觉不出井喷的毒气在这里肆虐洗劫过。

走着走着，唐秋香仿佛看见柳娃的身影在这家进那家出。她哪里知道，这是柳娃编织的一个发财的机会。

柳娃知道，一个镇死了那么多人，政府赔偿的钱很

诱惑

多，一个人至少十万，有的家庭有百多两百万。天上掉下这么多钱，农民们又不晓得啷个花。他心生一计，忙到县城邀约几个开赌馆的狐朋狗友把赌场开到高桥镇上，把大家的钱从腰包里掏出来，他从中抽点水钱。一时间，街道两旁，好多人家开设了麻将馆，还有诈金花的、斗地主的、打撮牌的，好多种赌博工具都用上了。

镇上的街道两旁，跟往常一样，店门大开，人来人往，进进出出，买卖照样热闹。领取了救灾粮的人们三五成群，议论纷纷，东家长西家短，话题翻新，七嘴八舌，说不完的故事，摆不完的龙门阵。

唐秋香站在一群人旁边听议论。有人说："喂，西村那个姓熊的老头，艳福不浅啊。他家的人都死光了，一个人得一百多万的赔款，成了暴发户，成天都有人去做上门媳妇，年轻的只有二十来岁。你们听说了没有，有个妹儿，长得很乖，进了他家的屋，跟那个老家伙睡了几天的觉，他连名字都叫不出来。"

"哎呀，这张铁嘴不也一样么，也有人在跟他提亲嘛，年轻妹儿一串一串的上门求嫁。哎，那铁嘴呀，哪个男人见了年轻妹儿不心动，这回他倒是说不出话哟，嘴巴闭得紧紧的。"

"你们真是牙尖舌怪得很，张起嘴巴乱说别个裹女人。张铁嘴可不是那样的人。据说，他把政府赔给他的钱捐了不少，捐出去补助那些没爹没娘的孤儿们。"

"是呀，没有钱不行，这钱多了也不行。没有钱，害人；有了钱也害人。我说，平平常常，不饿饭就行了。"

"人的一生哪个遇不到点灾难，管他的哟，老天爷对人总是公平的。"

唐秋香钻出人群，她想回家，也想顺路去看看张铁嘴。

她走到张铁嘴家门前，突然停住脚步，仿佛听见他又在哼歌：

> 叮叮当，扯风箱，
> 风箱扯，铁打铁。
> 张打铁、李打铁，
> 打把剪刀送姐姐。
> 姐姐留我歇，我不歇，
> 我要回家打毛铁。
> 毛铁打了三斤半，
> 子子孙孙有钱赚。

九

唐秋香走到铁匠铺附近，突然停住脚步。歌声倒还提醒了她，心想如今的高桥是"鳏夫门前是非多"，算了，不见为上。于是，她调头加快了回家的步伐。

唐秋香老远就看见丈夫刘为林坐在门前的那磴石凳

上，抽着旱烟，没有声息，只有那一口接一口的烟雾，从嘴巴吐出来，升上半空，然后渐渐消逝在空气中。仿佛只有那烟雾才能说出老汉心中的郁闷，道明白他人生的心路历程。他厌世么，恨家庭么？劳苦么，惆怅么？爱恨相交，似乎全都交织在那淡淡的一缕缕烟雾中。岁月如梭，往事如烟，随风而去消逝于光天化日的大气中。

刘为林即使听见老伴归来的脚步声，恍然看见她背着大米回家来，走到大门口，他都没有起身帮一把。毕竟，他比老伴大十几岁，已经快七十岁了。

唐秋香心情有些烦躁，把背篓往地上一砸，气喘吁吁地往凳子上一坐，急呼呼地说："你成天坐在那石头上，死眉秋眼的像个啥子家嘛，屁股生了根啦，起不来，你就变磴石头算了，你刘家即使把你供在那里，也没后人给你烧香的！"

唐秋香边骂边将米倒入米筒，大米像瀑布一样，哗哗坠入筒底。她弯下腰去捧起一把，米粒又从指缝中落下。她心想：这米呀米，人活一世不就是为了这几颗米么。月生呀月生，为了养活你，你老汉去偷过米，老娘为了给你米饭吃，遭骂过、挨打过。今天，救灾米都不发给你，要是我们都死了，你往后怎么活啊？

想到此，她大声地喊："刘为林，你给月生喂点青霉素！"

躺在火塘边的刘月生听见母亲的声音，用拐棍支撑着身子，挣扎着放开嗓门喊："我要喝水，我想吃柑子。"

唐秋香有点火气："姓刘的，你起来拿点柑子给月生吃吧！"

　　刘为林这时站起来，一边说："你咿呜呀呜的啥子嘛？！"一边进屋取了一个柑子，来到火塘边，看着刘月生那个不成人样的痛苦，心想，你这样造孽，真不如死了的好啊。他看着刘月生痛苦的样子，心一酸，忍着出门又坐到那石凳子上。

　　刘月生在屋内呻吟。

　　唐秋香听见呻吟，擦了一把额头上的汗，起身来到刘月生面前，看着他褥疮扩散，脓水横流，又脏又臭，非常可怜，自言自语地说："我去给你兑药。"

　　唐秋香一勺一勺给刘月生喂了药，转身进里屋不久。刘为林就听见刘月生大声在喊，急忙走进去："他妈……妈……妈呀，你怎么搞的，刘月生口吐白沫了！"

　　唐秋香急忙着从屋里出来，推开刘为林，说："这娃儿恐怕是不行了，你去倒点开水来。"

　　唐秋香使足劲，像儿时抱刘月生一样，将他搂在怀里，然后强忍着伤悲说："月生呀，你啷个的嘛，你会好的，你不要这样子嘛。"

　　刘月生一边吐白沫，一边抽搐，铆足劲才睁开双眼，流着两行热泪，看着母亲说："妈，我不行了，都怪我，都是我不好，让你为我受了一辈子的苦。"

　　唐秋香用纸擦去刘月生眼角两边的泪水，擦去嘴角两边的白沫，将自己的脸贴在刘月生的脸上，伤心地哭了起来，哭得死去活来："天哩！天哩！"

猛然间，只听刘月生"咯噔"一声，双眼紧闭，没出气了。

唐秋香惊叫一声："月生走了啊？！"

唐秋香放下怀中的刘月生，与刘为林一起努力，将其放在那条又长又宽的凳子上。

唐秋香从箱子里取出刘月生送给她的生日礼物，展开那段红灯芯绒布料，从脚到头盖在刘月生的遗体上。

唐秋香对刘为林说："你快打电话告诉李平安，说我家刘月生死了。"

"刘月生怎么会死呢？毒气喷发的时候他都活下来了，怎么会死呢？"村长李平安一直在电话那头问刘为林。

刘为林肯定地回答："今天中午，月生他一阵抽搐，口吐白沫，就死……死了。真的呀，真的。"

李平安不相信，对刘为林说："我随后带工作组的人赶来。"

李平安想，井喷事故都过去好几天了，理赔工作正在展开，刘月生的死有点蹊跷，一定要弄清情况……

"向上级报告，对，要报告！"李平安对旁边的人说。

重
生

一

刘为林刚放下电话，唐秋香就慌慌张张地给张铁嘴打电话，说刘月生死了，要他赶快来刘家院子一趟，商量安葬事宜。

这天的天乌黑，黑得异常的早。刘家院子已经好多年没死过人了，一阵凄惨的寒风掠过，阴森森的。

刘为林没有进屋，仍然坐在门口的石头上抽闷烟，他在等待李平安的到来。突然"哐当"一声锣响，是张铁嘴来了。

张铁嘴进屋掀开刘月生身上的红布，看着他惨白的脸，紧闭的眼，心一下子酸楚起来，伸手摸了摸他的脸蛋，冰冷中还有弹性。他怀疑刘月生是不是真的死了。眨巴眨巴两眼，忍都没忍住，泪水便悄悄涌了出来。

唐秋香赶忙把刘为林喊进屋子，对张铁嘴说："月生这娃儿命短，丢下我们两个老人先走了。我想跟你们商量一下，这回井喷事故死的人都要送到火葬场烧掉，我看到烧人就害怕。月生这娃儿一生受苦受难，他死了我想让他有个完尸，把他土葬算了。"

张铁嘴纳闷地说："这是犯法呀，不行啊，姐姐。"

唐秋香固执地说："那天烧柳成奇的晚上，月生给我托过梦，哭着要我满足他一个愿望，死了千万不要送去烧。他跪着求的我呀！"

刘为林瞪了一眼唐秋香说："如果政府给赔偿的话，这要等李平安带人来验尸的。你……你……你把他'偷埋土葬'了，哪个要得？"

唐秋香有些生气，毛焦火辣地说："马上就要过年了，家里摆个死人，不吉利呀！你们就帮我这一回，把人埋了难道哪个还敢去刨坟开棺验尸。这深山老林的埋个自己的人，犯什么法嘛！"

张铁嘴和刘为林相视无语。

唐秋香说："今天晚上，我们趁黑把月生埋了，落土为安。就用我的那副棺材，还有我的寿衣。做娘的，也算对得起他。"

张铁嘴听说黑灯瞎火的半夜三更执意要埋刘月生，迟疑地说："姐姐，我们都年岁大了，抬不动棺材，也抬不动刘月生啦！还是叫些人来帮忙吧。"

唐秋香毫不犹豫地反驳说："村里的男人都被井喷毒死得差不多了，哪来劳动力，就自己家的人自己埋吧！"

"我先去地里刨个坑，你们在家拆卸棺材，一块一块搬运。刘月生的尸体呢，我想好了，用他小时候做的板车来运。这是命呀，他自己早就做了准备。"唐秋香说。

说着，她去箱子里翻出寿衣，给刘月生穿上，还在旁边点了几支香。

唐秋香埋儿心切，刘为林和张铁嘴也顺应了她的想法。

漆黑的夜色，漆黑的阴风；黑色的山路，黑色的人影。三个老人在漆黑的地里刨坑，摆弄着黑色的棺材板。

刘月生裹着黑色的寿衣，被三个老人摆弄到黑色的棺材里。头枕北，脚朝南，直挺挺地躺着。

夜深人静。张铁嘴突然"哐当哐当"敲起响锣，为刘月生送葬，然后将一块石头垫在木板的一头。唐秋香和刘为林搬弄着棺材盖板，始终盖不严缝。

唐秋香说："算啦！算啦！我看这天不对头，雷翻阵仗的，怕是要下雨哟！"

于是，黑夜中的三个老人，铲的铲土，垒的垒土，三下五除二用泥巴将棺材盖住，垒出一个坟墓。还没来得及夯实，天象真的要变了。

张铁嘴在一道闪电中看清了坟堆，一边敲锣，一边痛哭起来："月生儿呀，你咋个就走了啊？丢下你妈，哪个办啰！"他的伤心程度，刘为林没有看出来，只有唐秋香心知肚明。

唐秋香听张铁嘴伤心的哭声，也跟着大哭起来。

张铁嘴此刻想，读书不求甚解，鼓琴足以自娱。手上有锣，自拉自唱，岂不热闹。于是，"哐哐当，哐哐当"，把锣敲得更响，渐渐地敲出了哀乐的旋律。那锣声，那旋律，声声沉重，声声激昂，呼唤月生起来，起来；呼唤灵魂起来，起来！

远处的山峦在闪电中若隐若现，黑云奔涌，压顶而来。"轰隆隆"几声巨响，贯耳欲聋。狂风呼啸从地起，树动叶落胡乱飞。

张铁嘴的锣声被狂风埋没得没了音响。他强打起精神说："遭啦！遭啦！冬天打雷，暴风雨来，千载难逢，月生惊天动地呀！"

唐秋香打着手电筒，照照刘月生的坟，晃晃刘为林和张铁嘴说："我们回去吧，月生安息了！"

张铁嘴说："你们走吧，我回镇上。你看这雷公火闪的，天象不对，恐怕又要出大事了！"

说着，三个老人分道扬镳。回家不足半个时辰，雷电火上浇油，交加震天，好像一阵暴雨突然把整个山村都洗刷一遍，还有洪水奔流的声音在吼叫。

这一夜，唐秋香和刘为林累得精疲力竭，也吓得魂不守舍。

二

一夜的惊魂，一夜的暴雨过后，第二天是个阴天。满目疮痍的琴泽河，沿岸是泥沙，泥石流侵蚀过的残根草木堆积于两岸坡边。

李平安率工作人员来慰问，并勘察刘月生的死因。

唐秋香瞌睡迷兮地带工作人员来到山前，大吃一惊，山坡不见了，刘月生的坟也没了踪影，只有一大片深不可测的山沟，还流淌着浑水。李平安惋惜地责备："你们怎么把他'偷埋'了呢？你们为什么要把他埋在河岸边？山坡不见了，坟墓不见了，活要见人，死要见尸的嘛！"

刘家院子顺河而上不远，是琴泽河水库，水库上游不远，一块被埋了大半截的"琴泽河水库滑坡地段警示牌"插在泥沙里。依稀可见上面的字迹："报警工具：铜锣。报警信号：当！当！当！连续敲打则为紧急。"左边的实景图上用红线标着"危险区范围"和"撤离方向"，右边的大字写着："禁止在危险区范围居住、逗留、建房及生产生活等活动！"

原来早有预警的一段山体头晚突然松动，大面积滑坡，一座山的泥石瞬间冲进水库里，形成巨浪。巨浪汹涌翻坝形成洪流，冲刷了琴泽河沿岸的坡地。

唐秋香说："我啷个晓得水库的山坡会滑坡嘛，水库要翻坝涨水嘛。再说刘月生又不是我一个人埋的，刘为林、张铁嘴可以做证，我们三个人一起埋的嘛。"

李平安生气地说："刘月生的死亡证明都没开得嘛。找！沿河岸找，找不到尸体，棺材也要找到个渣渣！"

两天后，人们在泥土中找到了几块棺材板，可始终没有找到刘月生的尸体。

经过几天的搜寻，始终找不到刘月生的尸体，这怎么了得。

唐秋香当天被公安民警叫到镇上问话。

问话的地点是粮管所一间空房里。唐秋香第一次见到身着制服的警察，虽然心里有点虚，但还是振作精神，挺胸直腰坐到凳子上。

民警询问："现在正式向你宣布，必须实事求是讲述事实真相，不许说假话和伪造事实，如说假话和伪造事实，应负法律责任，你听清楚没有？"

唐秋香显得很镇静地回答："我听清楚了。"

问："你们家昨天发生了什么事？"

答："昨天上午，我儿子刘月生在家中突然死亡了。"

问："你儿子是怎么回事？"

答："我儿子生来不识字，今年快三十岁了，单身汉，手脚动不得，长期瘫痪在家。"

问："你把昨天他死亡的情况讲一下。"

答："井喷发生那天，我正在过生日，酒刚吃完，听见外面有情况，客人就散了。我和月生他爸跟着人们外撤，留下他一个人在家，因为他自己走不动，我们两个老人背也背不动，村上的人说叫人来帮忙背他的，结果都没有找到人。井喷事故后，我们回家，在红苕窖里发现他还活着，就把他拖出来，让他躺在凳子上。我问他吃不吃饭，他说不吃；我问他哪个的，他说他肚子不好过，心头不舒服，他只喝了点开水。昨天上午，他还是说肚子疼，过不得，他要吃柑子，他爸就剥了给他吃。过了一会儿，他说想喝水，我就端水给他喝，喝了就吐了。没过多久，他就开始抽搐，口吐白沫，不一会儿就倒在我怀里死了。"

问："井喷后，你儿子是不是一直在家？"

答："他一直在家，他是病残人。"

问："他死的时候还有什么症状？"

答："很害怕、抽搐、吐白沫、牙齿紧闭。"

问："你们给他看过医生没有？"

答："昨天早上我去领救灾粮的时候，还找医生开了药，医生说他长褥疮，要吃抗生素，就给他开了两盒青霉素胶囊。"

问："这个开药的医生你认不认识？"

答："我认识，他姓李。"

民警："你以上讲的是否属实？"

答："是事实。"

民警："记录我们给你宣读，你听是否有错漏。"

答："好的。"

民警："我们还会随时找你核对事实。"

答："好的。"

唐秋香以为问话结束事情就了结了。她哪里知道，就在同一个粮管所里的其他几处房间里，刘为林、张铁嘴，还有诊所开药的李医生以及卖药的商家同时在接受警方问话。外围也在展开调查工作，李平安、马尚凤、柳娃等都先后接受了公安机关的调查。

唐秋香躺在看守所的床上，心乱如麻，老想耗子药的事。

她一会儿糊涂，一会儿清醒。想起那天在诊所买了青霉素胶囊和外用消炎药水，鬼使神差地又到地摊上转了一圈，既像是去买耗子药，又像是去算命。

一个算命的先生靠墙坐在凳子上，见唐秋香一个人走过来，忙招呼："这位姐姐，来来来，我看你心神不定，必有大祸临门。来来来，我帮你改改命。"

唐秋香想，什么"大祸临门"，全是胡说八道。她便朝前走了几步，站着不动，但还想听听他的戏言。

算命的先生瞪大眼睛看着唐秋香，嘴巴子像放鞭炮似的，叽里呱啦说个不停："我看你这姐姐是头圆耳朵小，父母早已不见了，说明你从小就有个性；人中有条线，儿女难见面，说明你孤苦一个人。一个人也好哇，一人吃饱，全家不饿。

"常言说得好，要在江湖混，最好是光棍，没拖累，不顾虑，舍得花钱，舍得拼命。所以，姐姐你很有发展前途，只要把命改一改。

"我一辈子算命，只要帮别人把命一改，有的成了枭雄，有的成了江洋大盗，有的考上名牌学校，最孬的也得中个福利彩票。

"来来来，算个命，从此走大运，包你财源广进，一帆风顺，不然继续生活贫困，屋头苦闷，即使你瞎猫碰到死老鼠，发财住进闹市也无人过问。

"实话实说，曾经有个人进城我就跟他讲了，发了财，千万莫发癫，洗澡莫进潭，走路莫靠边，不要腐败不要贪，熬过五十三，乌云见青天。就跟你姐姐一样，现在不听话，就在牢里关，到那时，痛哭流涕，想改命也改不了了！

"姐姐，你算，还是不算？你的命，改，还是不改？"

唐秋香一声不吭，摇了摇头，侧边侧边走了……

过了一会儿，唐秋香突然清醒，猛地起身，把被子掀翻，扔到地上。大喊大叫："我买了药的，那药是我自己吃了的嘛，你们凭什么抓我！"

一会儿又说："我拿药给儿子吃了吗？你们不要找刘为林、张铁嘴，还有李医生他们的麻烦！"

接着放低嗓门说："我这命还被算命先生算倒起了哟！"

唐秋香边说边拾起地上的被子，顶在头上，在房间里转来转去，边转边说："刘月生，刘月生呀刘月生，你的死为什么惊天动地，要牵涉到这么多人呢？"

转着转着，转到墙角，蒙头大哭："月生啦，要是你的尸体找到了嘛，是不是要拿去开肠剖肚做化验，拿去火烧唉？老娘本想让你有个完尸，在阴曹地府不再造孽呀！"

唐秋香越哭越伤心："月生呀，妈也坐牢了，保也保不到你呀，只有听天由命唉！"

唐秋香的哭喊声，惊动了隔壁邻舍的人。有人伸出头来，说："哎呀，这婆娘是半天云挂口袋——装风（疯）。"

三

刘为林的讲述

刘为林见到人就问："她杀……杀了我儿子，是她……她杀的吗？她为什么要杀……杀我儿子呢？"

民警问："刘月生是你儿子吗？"

刘为林答："当……当……当然是。他是我和秋香三十岁才生的。"

民警问："他是什么原因残疾的？"

刘为林摇摇头回答："一……一言难尽。"

民警："你好好想想，把来龙去脉还原一下，最好从你和唐秋香认识开始。"

刘为林看了一眼民警，低着头，顿时将时光倒回到三十多年前。

那是50年代土地改革时，张家和柳家先后搬来刘家院子，分割了唐家的房屋，从此改变了刘家大院的生活。

那时，柳家是先进户，基干民兵。柳成奇长得五大三粗，说话总是理直气壮，先入为主，气势总想压倒一切。

唐、柳、张三家人相处一段时间后，由于阶级成分和生活习惯的不同，邻里之间经常发生口角，不是为鸡鸭猫犬的鸣叫和混食饲料而吵架，就是为小娃娃到处拉屎拉尿不分场合而争吵不休，甚至恼羞成怒，大动干戈。

在田地分割上，自留地也是田挨田，埂挨埂，只有在各人心头画一根红线。有一年天旱，快到插秧时节天上还没下几滴雨。黑夜里，唐秋香的父亲望水心切，用一根钢钎把柳成奇家自留地的田埂凿了个洞，将水田里的水漏进了自家田里，不巧这事被发现了。

柳成奇要抓唐老汉去说理，并骂道："你这个老东西，尽干些断子绝孙的缺德事儿，怪不得你招个无用的上门女婿，那么多年了也不抱一次蛋，生不出娃儿！"

唐秋香的父亲见旁人骂他家的心结和痛处："抱不

抱蛋关你屎相干。你有本事，有本事还来住老子家的房子，有本事就自己去修个院子住噻！"

"住不住你家的房子，那是共产党打土豪分田地，分给我的呀！你有气，也不能偷我的水去肥你自家的田啦！"

"偷了你田里的水又怎样，水还不是我家祖上垒的田来装的！你有本事，因为几滴水就送老子去坐牢！"

"走就走，何必呜嘘呐喊！"

吵着吵着，柳成奇便抓起唐老汉去生产队说理。

那天夜里，唐老汉感到这个世界已经彻底变了。老伴死得早，留下个独生女，本打算续弦，又遇到解放战争。解放后，又被划成富农，处处遭人白眼，行动也不自由，常在人的监管之中。今天这事，觉得理亏，更无脸见人。他睡到半夜，想不通，不想活了。他悄悄下床，拿了根绳子，吊死在柳成奇家大门口！

唐秋香、刘为林发誓要报杀父之仇。双方口舌如簧，对峙如敌，争吵得口沫似火星，面红如铁血，不可开交。焦点是如何安葬唐老汉的问题。唐秋香提出：做三天三夜道场，要柳成奇一家老少按道士先生的法术，下跪哭丧。否则，停尸门口，不出殡。

柳成奇一下慌了手脚，要是不埋死人，大热天尸体腐烂在家门口，是倒霉透顶的不幸，便勉强答应条件。心想，把死人埋了再说，君子报仇十年不晚。

刘为林一向不多言的嘴巴，这时说起硬话：

"安……安……安葬费要平摊！"

你争我吵，几讲几谈，讨价还价，互不相让，在生产队队长的再三调解下，双方才终于达成安葬协议。

刘家大院的丧事如期举行。大门上贴着告示似的对联，横批写着：今当大事。左联写的是：丧家礼不迎不送；右联写的是：吊情客自来自去。

道场开始了。道士先生将唐家、刘家、柳家亲戚朋友，男女老少集中起来，围在院坝中唐老汉的棺材四周。唱道：

秋风起，雾沉沉，噩耗声声叫不停。慈父高寿六十整，长眠西土赴天庭。儿女孙孙闻噩讯，悲痛欲绝断了魂。双眼不止流血泪，这是哪家的道哇，谁家的仇恨，害得唐家添新坟。爹呀，爹呀。

哭声响起，泪人一片。

柳成奇一家老少也装作像死了亲爹一样，在唐家和刘家老少悲哀哭丧的感召下，像猫哭耗子，假惺惺地哭了几声，没有半滴泪水。

道士先生看出了这出戏的关子，边念边向柳成奇靠近，故作绊倒状，伸长右腿从他头上翻跨过去。不时还回头看上两眼，接着又念道：

晴空一片乌云起，雷鸣闪电两相依，灵堂紫烟云雾起，盘旋慈父绕瑶池。英容祥音居棺里，慧眼已闭紧锁眉。儿女呼爹爹不应，披麻戴孝祭爹亲。……呜呼，呜呼！

锣鼓响起，跪地哭丧的人们全体起身，在招魂幡的飘晃中，围着棺材转来转去。

稍事休息。擦干眼泪再来。道士先生继续做道场，念道：

爹呀爹，雨还没有下一滴，秧还没有栽一窝，孙还没有抱一个，你哪个就走了啊？骨肉之情自古定，冤有头来债有主，儿孙定要报仇恨。哀哉！悲哉！

跪在地上的柳成奇听到此段，顿感这是受了胯下之辱，直腰要起立，却被媳妇马尚凤用手按了一下，示意不要再生是非。他愤愤地吐了一口唾沫。心想："你龟儿还要报仇，老子等倒起！"

道场做了三天三夜，终于将唐老汉下葬埋了，落土为安。

那段时间，刘家院子的空气都是凝重的，总有哭丧的声音在半夜三更响起，小孩子们更不敢出门了，老觉得有个死人在门口的房梁上吊着，怪吓人的。

柳成奇虽然下矮桩求全，但心里的委屈滋味总是捣乱着肚肠。一家老少都认为住在这里不吉利，随即向生

产队申请地基另盖房子。不久，他们搬出刘家大院，在
山坡上自己建了个简易房屋居住。

没想到一场灾难过后，刘家院子和所有的人际关系
一样，安静得出奇，似乎也把唐秋香家与柳成奇家因为
一桩"偷水肥田"的小事而结积成持续两代的恩恩怨怨
融化了结了。

刘为林在民警面前承认，井喷来了，他和唐秋香一
起逃走的，他没管儿子刘月生的死活，有罪。回家后才
知道儿子藏在地窖里没死，他喂过刘月生的药，药品是
青霉素胶囊。刘月生死了，他参与了埋葬。

刘为林说："刘月生是……不是他妈拿耗子药闹
死的，我没看见。他妈辛辛苦苦将他养大，苦……苦都
受够了，想不到她啷个拿药闹死他，我开始不相信。但
人是死了的，现在公安把她抓……抓起来，我……我
恨……恨这个婆娘！"

四

张铁嘴的讲述

张铁嘴说："她要杀刘月生？为什么杀他呢！是
真杀，还是假杀？这么多年的辛苦，把他养大了，为哪
般？"

张铁嘴被带到民警面前时，心里一直紧张着，民警没有叫他先说话，而是喊他想想与刘家院子的关系。

张铁嘴一头雾水，坐在问讯室胡思乱想。从小时候想到现在，从刘家想到柳家，从唐家想到刘家，从井喷突发想到生生死死……

最难忘的是20世纪50年代末期，张铁嘴搬到刘家院子后，他和唐秋香发生过的一辈子铭刻于心的"偷心移情"的暗恋恋情。

那时候张铁嘴是个活泼快乐的小伙子，矮得只有一米五，他喜欢敲锣，村里村外一有事，就靠他敲锣通知。因此，人们只要听到锣响，就知道有事了。

张铁嘴风趣、幽默、滑稽，逗人喜欢。他常常跟大家开玩笑，活跃人际气氛。只要有笑声的地方，十处打锣，九处都有他在。

社会主义建设成就丰硕的农村，人心凝聚，处处都是新气象。尤其是年轻人，似乎看到了未来的希望，与他们的青春一样，不时散发出新鲜和活力，特别是情窦初开的男女青年，更是青春荡漾。

张铁嘴成为唐秋香的邻居以后，早不见晚见，相处时间一长，相互都有了好感，有了随意，有了信任。

那时，唐秋香做了刘家媳妇，在外人眼里是一件很新鲜稀奇的不可思议的怪事。一个大家闺秀与一个年长近二十岁的结巴子结婚，而且还是上门的，貌不合，神不似，门不当，户不对，必有蹊跷隐情。一时间，这桩婚姻成了村子里茶余饭后的谈资。

一天夜里，张铁嘴从刘家后门路过，突然听到屋中传出一男一女的争吵声。女的说："你啷个搞的嘛，还想要娃儿？"这是唐秋香的声音。接着，刘为林慌张中用恨铁不成钢的自卑语气答话："我啷个晓得，你莫着急嗫，等哈哈再……再……再来就是。"

唐秋香不高兴了："睡一边去。你是不是人家说的软骨病，见花败哟？"

他们吵着，窗内点亮了灯。把张铁嘴吓了一跳，他只好轻手轻脚地离开了。

打那以后，张铁嘴做梦都在想找媳妇，男女结婚睡在一起的事。特别是一看见唐秋香，他两眼盯住就不放，还经常走神。

一天，唐秋香在河边洗衣裳。河水清澈，游鱼追戏，春心荡漾。忽闻梯田里传来歌声：

薄薄的晓雾

淡淡的香

我在田中扯黄秧

妹在河边洗衣裳

眼泪汪汪望着我

棒棒杖在指拇上

疼得阿哥心发慌呀

心发慌

唐秋香停下手中的捶衣棒，脸上顿时红霞飞，心里咚咚直跳。心里笑骂道："这个砍脑壳的张铁嘴，竟开起我的玩笑！"随即捡起一块鹅卵石朝田那边扔去。石落水中，溅起水花一团，打破了田园的寂静。这时，她也扯起嗓子回应几句：

清清的河水
蓝蓝的天
手提黄秧栽水田
低头就见水中天
前进看似一条线
退步原来是向前
急得阿妹扑面来呀
扑面来

两人的对歌，很快就在村子里传开了。几天以后，唐秋香又到河边洗衣裳。没想到还有好几个姐妹不约而同来到河边挑水洗衣。她们说说笑笑，像闹山麻雀，说笑正欢，突然看见一条小小的渔船从上游飞驰而下，唐秋香见此顿时来了情趣，自己轻轻地哼起歌来：

小河淌水岸对岸，
我扯根长发当桅杆。
哥哥要过河哟，

妹在河边吹浪翻。

一个妹妹听她这么一唱，说："秋香姐又想情人了吧？"

唐秋香转过身去，单薄的衣衫扯斜了，露出了腰部的皮肤。她的回话还没说出口，另外几个妹妹看过来，惊讶道："姐姐身上的肉肉好白净啊！"

有个姐姐调侃她说："你看，妹妹是肚脐眼放屁——腰（妖）气！"

逗得大家一阵哈哈大笑。

哪想到，笑声被打鱼的听见了，他悄悄将船驶到岸边，把木桨扬起又拍下，水花伴着笑声，便回了过来：

小河流水滩对滩，
我扯根芭茅做桅杆。
妹妹要过河哟，
哥在盆里撑纸船。

原来张铁嘴戴着斗笠装成打鱼的，说话的声音有点装腔作势，唱出的歌声也南腔北调。他把小船划到河边，木桨溅起的朵朵水花，洒落在唐秋香的脸上和身上，湿衣中显露出身体的轮廓，像女神立在岸边。

张铁嘴看着出水芙蓉般的唐秋香，木愣着好久。

唐秋香弯腰捡起一块泥巴扔了过去，说："你这个砍脑壳的，看你还吃不吃混糖锅盔！"

张铁嘴想起这事，咬咬牙，用手使劲掐了几下大腿上的肉，告诫自己："打死不说这事，这是隐私，说出来要挨打的！"

民警开始问话："你说说，你是什么时候认识刘月生的？"

张铁嘴装出一副若无其事的样子："小时候就认识，他从小就拜寄我叫干爹。"

民警："那你把过程说说。"

张铁嘴回忆起那年与刘为林偷稻谷的事。

那天，刘为林悄悄将一部分稻谷拿去碾成米，特地上街打了几两酒，在院子一角的月光下招待张铁嘴。

山村的夏夜，月光皎洁，特别明亮。明月的光辉，洒落在人的脸上，眉毛胡子都有轮有廓。开始，两人都没话说，唐秋香煮了一钵南瓜端上桌，接着将两碗米饭藏在野菜底下端上来。他们如饥似渴地大口大口吞到肚里，这才一杯接一杯喝酒。三杯酒下肚，你一言，我一语，话匣子便打开了。

刘为林感激地说："谢谢兄弟，你救了我们一家呀，特别是救了月……月生这娃儿啦！"

张铁嘴客气地说："谢啥子嘛谢，一个院子的。月生这娃儿，既是你的，也当是我的嘛，有饭大家吃就好。"

刘为林凑近唐秋香耳边说："你端碗饭去给铁嘴他妈。"接着又对张铁嘴说："兄弟在外打铁做生意很忙，你就把你妈交给我们来照顾，就当我们自己的娘。"

张铁嘴连声说："谢谢啦，谢谢啦！等我安了家，就把老娘接到镇上去。"说着，敬了刘为林一杯酒。

刘为林放下酒杯，示意唐秋香说："你把月生叫来，我想叫他拜铁嘴兄弟为干……干……干爹，做人不忘恩啊！"

唐秋香猛然醒悟，刘为林这人还不记仇，心里一阵快意，忙进屋将刘月生手拉手来到饭桌前。

刘为林擦擦嘴边的酒水，期望地说："月生呀，从今天起，你就拜铁嘴叔叔为干……干爹。他说什么就跟我说什么一样，他叫你做什么，你都得听话。"

唐秋香补上一句："你没饭吃，没肉吃，就找你干爹要。来来来，跪下先磕三个响头。"

刘月生本来上次请求上学的事没干成，这下听父亲如此说来，像是有了希望，"扑通"一声跪下去，连喊了三声"干爹"！

张铁嘴赶忙起身将刘月生扶起。突然"当"的一声，一个亮晶晶的东西从刘月生腰间掉落到地上。

刘月生不好意思捡起来，双手捧着对张铁嘴说："干爹，上次在你家我把收音机天线弄断了，我拿回来仿照它用竹子做成了一根拐棍，能伸能缩，今后走路不方便时就用它可以省力，不摔跤了。另外，还可做打狗棒，出门防遭狗咬。"边说边从腰间取下自制拐棍，比试给大人看。并说，"这是孙悟空的金箍棒，百变降妖！"

刘为林忙责备儿子的不是："哎呀，耍……耍啥子猴戏，还不把天线还给你干爹，下次不准拿别人的东西哈！"刘月生诚实地回答道："记住了！"

张铁嘴夸奖说："这娃儿聪明，模仿力强，有出息，有出息！"

民警："既然你是干爹，那很亲切，好好回忆一下你这个干爹都为他做了些什么，要从搬进刘家院子谈起。"

张铁嘴答："我要好好想想。"

张铁嘴低下头，像做梦一样。梦回年少，梦回青春，梦回家事，梦回唐秋香为儿子刘月生求医治病剪头发卖的那个困难年代。

乡场上，到处贴着告示：买粮凭粮票，买布凭布票，打酒凭酒票，割肉凭肉票……

这些东西，唐秋香自然不敢奢望，连为刘月生的伤病治疗买药的钱都没有，常常去问些偏方，找草药来自己治。

唐秋香用笆篓背着刘月生在乡场上转了个来回，

在一个有一面方镜挂在土坯墙上，一盆冷水，一把椅子的理发店前站住。心想该给刘月生剪剪头发了。她伸手摸摸口袋，四个口袋都是空的，分文没有，狠一狠心："算啦，算啦，还是回家自己用剪刀给他剪个'牛啃草'吧。"

唐秋香刚一转身，一把扫帚扫到了她的脚背上，定眼一看，原是扫街的大嫂在扫地上的头发，还不时弯下腰去把成撮成撮的短发理好放进篮子里。

唐秋香好奇地问："捡头发有什么用处啊？"

扫街的大嫂好奇："你不晓得这头发可以卖钱啦？"

唐秋香一愣："卖钱？"

"是呀，像你这头上的长发，越长越值钱啊。"大嫂边说边看着唐秋香的头发羡慕得有些嫉妒。

唐秋香想："这头发又不是韭菜，割了很快就长出来，自己这头发已长了好多年了，怎么也舍不得剪了卖呀！"她迟疑了片刻，又问："在哪里可卖？"

扫街的大嫂："供销社，这个你都不晓得，真是乡巴佬进城——土包子。"

唐秋香听人一言，如获至宝，背起刘月生就跑，一口气跑到乡场东头，跑进了张铁嘴的铁匠铺。气喘吁吁地说："我说铁嘴呀铁嘴，你有剪刀吗？"

张铁嘴放下手中烧得通红的铁坨坨，惊奇地："剪刀，有啊，即使没有，我现在都可以给姐姐打一把啊！"

张铁嘴看见唐秋香来了，他异常地兴奋，一边请她坐下，一边情不自禁地哼起歌来：

叮叮当，扯风箱，

风箱扯，铁打铁。

张打铁、李打铁，

打把剪刀送姐姐。

我留姐姐歇，姐不歇，

我就继续打毛铁。

"别开玩笑，快去拿来，我急用！"

张铁嘴从内屋取来剪刀，递给唐秋香。两人目光交会，含情相视许久，才开玩笑似的说："你莫不是为下一个孩子剪脐带做准备吧？"

"你这个背时砍脑壳的，东想西想，打胡乱说，叫你一辈子莫想娶婆娘。来，来，来，帮我个忙。"

张铁嘴光着上身，黑黑的肌体上粘满了黑乎乎的铁屑，汗水在背脊和胸膛上冲刷出一条条小溪。他抖抖身子，拿块毛巾擦擦脸上的灰和身上的汗，说："不娶算啦，我来将就你嘛！"

唐秋香有点生气地把长长的辫子一理，又将剪刀递给张铁嘴说："你不要色迷兮兮的了，给姐姐把这头发剪了，剪得越短越好。"

张铁嘴："这……这个？"

"快点，快点，你帮不帮这个忙嘛？"

"你这是赶时髦，还是学明星要去唱歌跳舞？"

"哎呀，你剪吧，剪了就晓得啦。"

张铁嘴又一回近距离接触唐秋香，看着她高挑的身段和那细白红润的皮肤，感觉这女人更美。这个举动，要是没有迁来乡场上，在老家的那个院子里，肯定要遭人闲话的。如若给刘为林看见了，那醋味肯定浓得熏死人，说不定还要打一架。

张铁嘴狠狠心，小心翼翼地伸手理了理唐秋香乌黑的长发，手感极润滑，摸着头发，就仿佛粘在了她的皮肤上似的，轻轻地滑动。他凑近她的头，鼻子自然前倾，虽然闻到头发上有一种淡淡的汗味，那可是一种妙不可言的体香。顿时，一股股激情在心中荡漾，异样的情窦在全身开放。他不敢下手剪发了。

唐秋香转头问："喂，你怎么不剪呀？"

"嘻嘻，姐姐，我下不得手啊，你这头发跟你人一样，长得好、长得抻展、长得油光水滑……"

"你再说，我就找别人剪了哈！"

张铁嘴只好一只手握紧理好的头发，一只手张开剪刀叉叉，从右到左，"咔嚓咔嚓"几声清脆的剪刀声响过，握紧的头发离开了头，留在脑壳上的头发像断了线的风筝，一蓬敞开，散了架。

瞬间，唐秋香像变了个人儿。她甩甩头，丝毫不知自己变成了啥模样。

她站起来，走到铁匠铺蘸火用的水缸边。缸水透明，照出影子，一头短发，整齐地排列于脖子之上，极富青春，看着看着，自己笑将起来。

张铁嘴始终没弄明白，转过身来各自去使劲打铁解压，可那打铁的铁锤声却不均匀了，零乱的锤子轻重不一，火红的铁坨坨越打越硬，忽而似激情高昂，忽而又低沉郁闷，仿佛在诉说心中的不快。"哎呀"一声，锤子打在张铁嘴的左手握着的夹钳上，夹得手指生痛，并发出叫声。

唐秋香转过头去，上前一步抓起他的手指，边吹边塞进口里。

张铁嘴"嘘嘘"着顿觉嘴里热乎，舌尖的舔动，又使他心里和身体都异样的凉爽，手指慢慢不痛了。忙说："还是姐姐好……"接着把一块不成形的铁坨坨往蘸火水缸里一放，发出"哧哧哧"的轰隆声，冒起一股股烟雾。

蒸汽中，唐秋香的笑脸波光激潋，犹如仙女下河洗澡，在水缸中漂来漂去。

她笑着，拿着头发，背起刘月生消失在乡场上。

唐秋香背起刘月生赶乡场，进铁匠铺，与张铁嘴说话的一举一动，却被一个披着蓑衣戴着斗笠的人紧盯着。只见他躲躲闪闪，一会儿站墙边，一会儿蹲屋角，一会儿朝东走，一会儿又向西行，两只眼睛像望远镜似

重生

的，聚焦始终不放过唐秋香的背影。

张铁嘴则看着唐秋香远去的背影，始终没猜出她的心事。青春的后悔全都积聚在那把铁锤上，从未有过的劲头，"咚咚咚"几下便把那火红的毛坯铁坨坨打成了一把剪刀模样。接着，又"咚咚咚"响起打铁声，直到他所欣赏的，渴望形影不离的美人消逝在门外的大街上。

没想到，天黑时分，唐秋香又高兴地回来路过铁匠铺，老远就喊："铁嘴，我给月生买到药啦。"

张铁嘴这才醒悟："你，你这是剪头发去卖呀？"

"对呀，我卖了一块三角钱，能给月生抓好多服药哩。"

唐秋香边说边笑，高兴地朝回村的路走了。

张铁嘴此时有些后悔，伸手摸摸口袋，自己咋个没想起送几张肉票和粮票给他们母子俩？"哎呀"一声跺了一下右脚，还伸手抓了一把自己头上的头发，责备自己恍兮惚兮，惋惜失策。

唐秋香背着刘月生刚出镇上，一眼就看见那个曾经在眼前晃动过的穿蓑衣戴斗笠的人走在前面，时而小跑，时而回头打望。

唐秋香心头一闪念，对刘月生说："月生，你看前面那人，像不像你爸爸走路的姿势？"

刘月生在背篓中伸长脖子喊："爸爸，爸爸！"

刘月生的喊声，似乎惊动了老天爷，一股山风过后，一团乌云飘到山顶，被阳光融化成水，唰唰唰地下起瓢泼大雨，将行走在山路上的唐秋香母子淋得像落汤鸡，衣服都拧得出水来。

阵雨过后，夕阳似火，唐秋香背着刘月生在彩虹中奔走，身影被地上的泥水倒映成一幅难得的山水人物画。

唐秋香回到家，见刘为林坐在门口那个石凳上，抽着闷烟，若无其事，衣服也是干的，好像没出过门。

唐秋香是个心细的人，她朝屋里一看，发现有泥脚印，回头再看门口的墙壁上，挂着的蓑衣斗笠还在滴水。她心里顿时咯噔一下："这老头还在演戏，跟踪老娘啊！"

唐秋香明白了眼前的一切，没有吭声，记在心头，各自忙家务去了。

民警问："你想说的就这些？"

张铁嘴脸不变色心不惊回答："我认识的过程就这些，我说完了。"

张铁嘴坐在民警面前陈述：说他赶到刘家院子时，刘月生的尸体已停在板板上。他参与了"偷埋"活动，还敲了好几次锣，凑个热闹。其他问题不晓得。至于大水冲垮坟墓，尸体失踪，他全不知情。

张铁嘴承认他有罪，他没有阻止唐秋香偷埋刘月生，自己参与埋人，是不对的。

五

李平安的讲述

李平安说："从慌慌忙忙埋刘月生来判断，唐秋香极有可能杀死儿子；记得那天开村民大会时，她问过我一句'现在死的人还算不算'，但从情理和法理上来看，那又是不可能杀人的呀！"

民警问："你何时认识刘月生的？"

李平安回答："小时候，我们一起被毒蜂蛰的时候，是他妈救了我。"

李平安说着说着，想起了儿时被毒蜂偷袭的后怕。

那是20世纪的事，生产队时兴集体劳动，出工出力记工分。那时的李平安天天跟着大人下地，在泥巴地里玩耍，有时在附近割猪草、放牛。

一个薅草的季节。男男女女的大人在旱地里薅红苕。这天天高云淡，太阳火辣，李平安躲在一棵树下乘凉玩耍。

突然，一只毒蜂闻到汗味，"嗡嗡嗡"从树上飞将下来，扑在他头上转了两圈，他还没来得及叫出声，毒蜂一口就蛰在他嫩嫩的脸上。顿时，脸肿得像个泡粑，痛得哇哇大叫。

李平安的爸爸放下锄头奔跑到树下，见儿子被毒蜂蛰了，下意识地喊道："哪个有奶水？快拿来给娃儿涂上一点。"

一群薅草的男女赶快放下锄头镰刀，围了过来。

唐秋香那时生刘月生不到半年，听到喊声，立即跑过来，边跑边说："等一等。"

李平安撕心裂肺地哭叫，那声音仿佛把整个山村都唤醒了似的。

唐秋香挤进人堆，把衣服往胸上一捞，露出一只胀鼓鼓的乳房。两个手指往乳头上一挤，一股白花花的乳汁喷涌而出，洒在李平安那肿胀的脸蛋儿上。她边挤边说："赶快揉一揉。"

李平安的爸爸像揉面一样，双手不停地在李平安脸上来回晃动。不一会儿，他脸上的红肿渐渐消退了许多。

唐秋香挤干了左乳房的乳汁，又挤右乳房的乳汁。给李平安的小脑袋洗了个奶浴。这下，大家心痛的情绪才稳定下来。

大家刚下地开始重新干活，突又听见蜂子的叫声，像飞机"嗡嗡"从天上掠过一样。有人惊恐地喊："看见没有，你们没看见树上有马蜂窝吗？！"

话音刚落，远处传来一个奶娃娃"呜哇呜哇"急促的尖厉哭声。原来唐秋香把刘月生放在一个树荫处睡觉。

听见娃儿叫声，大家又开始手忙脚乱，径直朝哭声方向奔去。

"哎呀，糟了，这娃儿脸上、腿上被毒蜂叮咬了好多处，肿得不像人样，就像得了水肿病！"

唐秋香捞开衣服，使劲地挤奶水，却怎么也挤不出来几滴，急得团团转，手脚无措，大哭起来："哎呀，你啷个要遭蜂子蜇嘛？"

李平安的爸爸见状，抱起刘月生，对唐秋香说："妹子，走，我们到镇上找诊所的医生去！"

……

当天夜里。毒蜂归巢栖息于树上的蜂巢里。

刘为林把毒蜂蜇儿的灾难怀恨在心，誓要报仇雪恨。当晚他就率领村民们，举着火把来到蜂巢树下。他看见李平安跟在他爸爸身边，他们几双眼睛相视，一言不发。

刘为林想用愤怒来表达一切。他带了自制的箭，三步并作两步地来到挂着蜂巢的树下，取下箭杆，在箭头浇了些煤油，点上火，随即拉好弓，只听得"呼"的一声，一团火焰像火箭一般升上空中，不高不低，不偏不倚，直插蜂巢心脏。紧接着，树上传来"噼噼啪啪"爆炸声，火光像一团火球在半空燃烧。

树下，前往看热闹的村民一阵欢呼："狗日的蜂子，叫你蜇人，叫你龟儿还蜇人！"

蜂巢被火焰撕成碎片，毒蜂被烈焰化为灰烬，散落在黑夜中，随风飘散，潜入地上，又回归自然。李平安跟村民们一起欢呼，出了一口恶气！但他摸摸脸上被蜂子叮蜇的伤疤，又一阵后怕。

毒蜂及蜂巢被消灭了，刘月生虽然经过救治，保了命，但因药物过敏及疤痕体质等原因，留下了腿脚运动神经受损和伤疤经常糜烂的终身病患。

刘月生是李平安从小的玩伴。关于刘月生的死，李平安说自己有责任。井喷逃难时，他答应去背刘月生的，可后来忙去救别人，当返回到刘家院子时，怎么也没找到刘月生，以为被其他人背走了。

井喷过了七天之后，刘为林向李平安报告了刘月生没死的喜讯。作为村支书，李平安没有上门关心关怀。当刘月生死后，也没上门验明正身，人命关天，这是对生命不尊重，自己工作不细，犯有渎职错误，应当接受组织处分。

六

李医生的讲述

李医生说："我开的药是治病的，用不过量，是杀不死人的，除非他是外星人！"

已经五十多岁的李医生突然被民警带走时，一头雾水，不知犯了何种法，违了何种规。从来没被人押解过的他，心惊胆战，腿脚打闪。当他坐在民警面前接受询问时，虚汗淋漓，嘴角不时发抖。他偶尔斜瞟一眼警察身上的警服，胆都要吓破似的紧张。

民警："你知道我们为什么叫你来接受问话吗？"

李医生摇摇头答："不知道，确实不知道。"

民警："你认真回忆一下，前些时候开过些什么药，都给谁开过药？"

答："我一辈子行医，天天看病，天天开药，哪里记得住那么多。"

民警："你认真想，想好了说也不迟。"

李医生从民警的问话中明白了是为药的事，说："我确实不知道看病拿药犯了什么事。请求你们提醒一下。"

民警："你给一个姓刘的开过药吗？"

答："姓刘的多呀，他是男的还是女的，是老的还是少的？是文刀刘，还是耕牛的牛？"

民警："你老实点，有你这样答话的吗？几十年前的事都可以记得起来，几天前的事你就想不起了！"

民警严厉的训话，使李医生心头"咯噔"一下，"几十年前的事，一个姓刘的"，恐慌中他心想，莫不是给刘月生这娃儿用错药的事被人发现了？

一阵紧张之后，李医生耐不住时间的折磨，大声地报告："我想起了，我说。"

民警："你说吧，我们做记录。"

李医生的思绪被民警的眼神和灯光的刺激拉回到了那一幕为刘月生治疗毒蜂蜇伤的情景。

……

李医生说："后悔呀，后悔！"

民警："最近卖过药给他母亲吗？"

李医生听到此问，才恍然大悟，把不该说的说了出来，后悔莫及。他眼睛一转，没有后悔药可施，沉思片刻回答说："有过。唐秋香来买过消炎药，青霉素胶囊。"

李医生赔罪似的说："作为一名医生，看病没见病人，开药没有了解病理，我违背了职业道德，是有过错和罪的，请求政府一定宽大。"

民警："那好，我们一起去诊所调看处方！"

七

马尚凤的讲述

马尚凤逢人便说："她不会杀儿子的，她啷个会拿药闹人呢？她的好心肠没得人可比。天大的事她都不会计较。"

马尚凤主要回忆起柳家和刘家的恩怨，其中一件是"文革"中留在记忆里一辈子都抹不去的事儿。

那天夜里，柳成奇半夜三更从县城回来，鬼鬼祟祟的，上气不接下气，马尚凤问他发生了什么事。柳成奇说，他走到半路天就要黑了，大热天口干舌燥，饥寒交迫，全身无力，因为一天没进食了。刚爬到半山坡，便瘫倒在地上，只见月亮和星星在眼前晃动，疑是自己也悬浮空中，飘浮不定。

风从山谷中吹来，凉爽至极，待他清醒过来，看见眼前是一片高粱地。一株株高大的高粱笔直的秆，翠绿的叶，金黄的穗。微风过处，沙沙作声，低垂成串的高粱穗不停地向他点着头。

此时的他，心灵突然震颤。常讲"饿死不做贼，冻死迎风站"硬话的人，此时此刻也会觉得那只是写在纸上的东西。你再有先进的思想，崇高的意志，谁都受不了饥饿的折磨。难怪，人们又说"人是铁，饭是钢，两碗吃了硬邦邦"。这儿没吃的，自己的肚皮是空的，身体是虚的，连路都走不动了，做人有啥用呢？于是他爬起来，看看山上，又望望山下，确信无人后，伸手将一株高粱搬倒，迅速地去叶，剥皮，大口大口地嚼起来，没想到那高粱秆不是甜的，一嚼一个干花花。嚼完一根，又去折断另一根。

柳成奇将已快成熟的高粱穗扔进高粱林中，忽又去捡回来，心想要摘它一背篓回去，完全可煮几顿高粱米饭吃，给媳妇催催奶水，救救儿子柳娃的小命。可是，自己是基干民兵，好歹是个先进分子，干这种顺手牵羊的事，要是被人抓住了，将来自己又怎么去抓别人呢？不偷呢？这家里穷得开不了锅，娃儿又无奶水喂，人的肚皮饿得饥肠辘辘。唉，管他呢，反正一生只干这一次。于是，狠下心来，壮壮虎胆："偷一回高粱！"

哪想到，正在柳成奇偷摘高粱得劲的时候，不知山下谁家的狗"汪汪汪"地大叫起来，吓得他丢魂落魄。

他急中生智，脱下衣服包了几串高粱穗带走，干脆把背篓扔掉，如果被发现了，就嫁祸于唐秋香家。他一下觉得浑身轻松了许多，连滚带爬一会儿往山下跑，又一会儿往山里钻。大脚趾中还夹着高粱地里的花生藤藤，几颗尚未成熟的花生一直跟着他跑了好几里地。他越跑，狗越叫，而且，家家户户的狗都出来呐喊助威。一座山里的农家人，半夜三更纷纷出了门，大喊："抓贼呀，有强盗呀！"

　　柳成奇偷了点儿高粱，手忙脚乱跑回家，才想起丢了背篓的绝妙，这叫因祸得福，天助也。后来，听说那个背篓被拿到镇上招人认领。唐秋香看见后大吃一惊，这背篓不是自家的么，柳成奇曾经借去赶过场，于是她明白了其中的蹊跷，自己始终不去认领，也没有对人说起过，却将柳成奇这个"偷梁换柱，嫁祸于人"的勾当牢牢记在心头。

　　"至于刘月生的是死是活，我们不清楚。"马尚凤说，"不过，那天晚上河里涨水，我从窗户里往外看，仿佛看到刘家院子那边的山坡上有几道亮光闪烁，还有几声锣响，我以为是哪家娃娃半夜睡不着，起来搞嚓。后来才听说是唐家埋死人。"

八

柳娃的讲述

柳娃开口就说："唐家是坏人，解放前是富农，解放后做强盗偷生产队的红苕种。如今还贼心不死，杀人讨赔偿。祖祖辈辈偷鸡摸狗，资产阶级思想腐朽透顶！杀个人算啥子，是他们骨子里早就浸透了的凶恶。她不但杀自己的人，还趁机报复，害得我父亲也被毒气毒死了。"

柳娃说："唐秋香小时候就欺负过我。不过被我造反了！"

柳娃想起，读小学的时候，经常借助老汉的权威，找碴儿欺负一下唐秋香。那时时兴唱革命歌曲，跳忠字舞，背毛主席语录。一天，柳娃背着书包走在回家的路上，在一条单田埂间路遇唐秋香，拦路不准前行。他仰头看看唐秋香高大的身躯，严词义正地说："你家是富农，剥削阶级！"

唐秋香气愤至极，怒说："你乳臭未干，能说出这番话来，肯定是你老汉教的！"

柳娃毫不惧怕地回应道："不是，不是，是老师教的！"

"哪个老师这样教你，教你从小就说些不利于团结的挖苦话？"

"老师还教我们背诵毛主席语录哩。说见到路人的话，必须要求他背诵一段语录才能放行。要是背错了，就惩罚他！今天你得背一段毛主席语录。"

唐秋香心想，这是哪家时兴的规矩哟，老娘今天就不背，看你把我怎样！

柳娃见唐秋香没有反应，又施一计，说："你看清楚，我是毛主席的红小兵！"说着亮了亮别在衣袖上的红袖套。

唐秋香一看，果真是"红小兵"，忙改口说："我背，我背。"

柳娃做了个立正姿势，说："背噻，我听倒起。"

唐秋香默了默眼睛，心想一定能背上两条毛主席语录的，脱口道："伟大领袖毛主席教导我们：不是东风压倒西风，就是西风压倒东风。"

柳娃根本没听懂语录的意思，说："再背一条，才能走！"

唐秋香嘲笑似的看他一眼，接着又背："下定决心，不怕打针……"

这段柳娃听明白了，忙反驳道："错了，错了！应该是，下定决心，不怕牺牲，排除万难，去争取胜利。你篡改毛主席语录，我要惩罚你！"

唐秋香瞪他一眼，说："你惩罚啥子嘛？我说的是不怕牺牲，你娃才说的是不怕打针！"

柳娃的眼睛珠子转了两下，心想是不是自己真的背错了，耍赖地说："不行！你站到水田里去，让你坐哈水牢！"

唐秋香哪里受得了一个小孩子如此折腾，死活不干，夺路要走。没想到柳娃急中生智，拿出吃奶的力气，头往前一拱，双手推着她的双腿。

唐秋香被这突如其来的小动作给推了一下，不慎失足，歪歪斜斜站到了水田中。

唐秋香并没生气，心想柳娃就是个小娃儿，原谅了他。

这时候，比柳娃大几岁的李平安正好路过，见此情形，上前便给柳娃一拳，怒斥道："你娃要霸道，滥用红小兵权力，我罚你割草一背篓！不然，明天告老师，收了你的红袖章！"

柳娃"哇哇"大哭起来，向李平安投降似的说："哥哥，我不敢了！"

唐秋香从水田中拔出脚来站到田埂上，阻止李平安道："别打他，你们都小，不懂事。算啦，算啦！"

柳娃回到家，向父亲柳成奇告状说，李平安要罚他割一背篓青草。

柳成奇一听"罚割青草"几个字，想起了才拿回来要贴的布告，说："你到山坡上叫李平安过来，我有事找他！"

柳娃一想，老汉出面来帮他撑腰，雄赳赳气昂昂出门去一阵狂喊："李平安，你娃过来！"

不一会儿，李平安打着火把来到刘家院子。

柳成奇把一个院子的老少爷们都叫到院坝中央，问李平安："你凭啥子要罚柳娃割草一背篓？"

李平安理直气壮地回答："我们今天上课时，老师宣读过一个判决书，上面就写到罚割青草三个月。我只罚柳娃割草一背篓，算是最轻的了！"

柳成奇将一张卷着的大纸展开，说："你看是不是这上面写的。你把它念一念，让大家受受教育。"

李平安双眼一扫那布告，跟老师读的一模一样，字大如钱，尾部还印着个大红印章。他鼓起勇气，在火把灯光的照耀下，开始宣读起来：

毛主席语录：千万不要忘记阶级斗争。

县公检法军事管制委员会刑事判决书

强奸犯孟娃，又名孟解放。男，现年26岁，汉族，家庭出身恶霸地主，本人成分农民，初小文化。孟家坝人。

人犯由于长期不学习毛主席著作，资产阶级思想极为严重，好吃懒做，荒淫无度，目无国家法纪。因犯强奸耕牛罪，被依法逮捕。

经查，人犯对所犯罪行，供认不讳，事实准确。

......

人犯归案后，在党的"坦白从宽，抗拒从严"政策感召下，有悔改之意，决不再犯。现比照我国有关法律条款，判决如下：判割青草三个月，天天服侍其牛，以弥补母牛营养之不足。

特此判决

李平安一口气念完，听得津津有味的刘家院子的男女老少，终于弄明白传闻许久的孟娃强奸案的真相，都骂那孟娃真是个畜生！

柳娃原以为他老汉要为他报复李平安，没想到叫他来宣读布告，斜眼看看李平安，又看看大人，也只好跟着嘻嘻嘻地笑了起来。

回忆起过去的几件事，柳娃要把与唐家和刘家的恩怨发泄到今天。他理直气壮地说："唐秋香从骨子里就不是好人，又偷又盗又杀人，总和新社会作对。历史上唐家院子本来姓唐，为隐瞒家产，偏偏改姓刘，叫刘家院子；如今借井喷灾难之机，又打起政府的主意，杀人讨赔偿，还故弄玄虚，抛尸野外，毁尸灭迹，那天我侄女小双在河沙坝玩耍，就发现了死人的尸骨，人证物证俱在。"

柳娃描述说：前两天，柳小双和一群小朋友在河沙坝看蚂蚁搬家。只见那蚂蚁排成一字形来来往往在沙坝上穿梭。小朋友们趴在地上看稀奇，还唱着儿歌：黄丝黄丝马马，请家公家婆来要要；坐的坐轿轿，骑的骑马马……黄丝黄丝马马，请你嘎公嘎婆来吃嘎嘎；坐的坐轿轿，骑的骑马马。

小朋友们边唱边跟着蚂蚁的队伍，在一堆沙土堡里找到了它们的老巢。有个小朋友好奇地用一根棍子轻轻一刨，露出一只手的骷髅，吓得大伙四散。有的说，这是人的手，是不是刘月生的尸骨哟？

柳小双回家将他们的发现告诉了柳娃。柳娃喜出望外，说："马上向公安报案！"

九

卖药商贩的讲述

商贩见人便叽叽呱呱说："我卖的是耗子药，是闹耗子的。她要拿去闹人，关我什么事。又不是我喊她去闹的。"

商贩说："那天，我到镇上去摆地摊，口里念着开场白：'这几天，我没来，井喷走了老鼠活过来，一步跳上你家的锅台。咬你箱，咬你柜，还咬你缎子被；快来看，快来瞧，只毒老鼠，不毒猫，老鼠吃了蹦三蹦，猫咪吃了唱歌谣；走一走，看一看，少喝一杯酒，少抽一口烟，一包药才几毛钱，放到屋里保安全，老鼠全闹完，全闹完。'

"我刚唱完歌谣，摆好耗子药，就见一个老太婆走过来看，我就顺手从地摊上捡了一瓶药扔给她。那人没说话，掏几角钱丢在地上就转身走了。

"我当时还很纳闷，心想这婆娘是不是个哑巴哟！

"我卖耗子药，是正当的小本生意，犯了什么王法？药是拿去闹耗子的，说明书上写得清清楚楚，明明白白。今天才知道，那婆娘拿去闹了人，跟我有屁毛关系？随便你们问，随便你们整，我影子不斜，身子很正，生意做不成就回农村，反正也赚不到钱！"

十

唐秋香的讲述

唐秋香心想："刘月生是我的儿，我杀了他，我认了就是了，犯了谁的王法？"

唐秋香第一次被民警问了话，听了记录，摁了手印，一直耿耿于怀。刘月生的死为什么惊天动地，牵涉到这么多人呢？我喂他的药是不是端错了，还是他自己吃错了药？他的尸体要是找到了，是不是要拿去开肠剖肚化验，送去火化呢？本想让他有个完尸，在阴曹地府不再造孽，哪晓得偷鸡不成，倒蚀一把米，雪上加霜？同时，还扯进刘为林和张铁嘴，说不定还将娃儿来历全抖出来，让人笑话？

她越想越不对劲，想起前几天在乡场上鬼使神差地又到地摊上买了一瓶毒鼠强，因为家里原来的一瓶毒鼠强找不到了。她想刘月生的病，要是再吃了被老鼠咬了的药的话，染上鼠疫就更可怜了。那药是自己吃了，还是刘月生吃了？一时不敢肯定，干脆以烂为烂，反正自己买过毒鼠强，也兑过毒鼠强，自己承担了杀死儿子的责任，好让公安机关放过刘为林和张铁嘴，还有李医生。再说，老都老了，想死也没死成，这下替月生赔个命，不也值得！

唐秋香想了一夜，在心底打好了应对问话的腹稿。

这次，她显得有些紧张和慌张。她想好的对策，在警察面前一下全忘了。

民警问："你儿子刘月生到底是怎么死的？"

答："我不知道。"

问："我们现在再次向你宣布政府的政策，你必须如实向政府把事情讲清楚。"

唐秋香沮丧着，低着头不语。双眼盯着地板，沉默着。几盏电灯照着她的脸，冬天的寒夜，使她一时感到很温暖。可是，没过多久，心灵的波动和无言的压力让她的身体开始冒汗了。身心在煎熬，思想在斗争，时间在拉长……她实在受不了了，这比年轻时遭柳成奇捆绑拖地流产的痛苦还难受。半夜，她耐不住开口说话了："报告政府，我说，我说。"

唐秋香开口说："我儿是我用耗子药毒死的。"

问："你是什么时候用耗子药毒死月生的？"

答："就是那天，我把耗子药放到开水中给月生喝的。"

问："你为什么要毒死你儿子？"

答："井喷后，我和他爸爸逃出去，回来发现他还活着，本来就是个残疾人，又几天几夜没吃东西，他的脚杆、屁股、大腿，都长了褥疮，烂得到处流黄水，他这个造孽的样子，我一看到就心疼。

"那几天，我坐不安睡不稳，想到月生全身都烂了，如果他死在我们两个老人后面，有哪个来照顾他，他将来不是更痛苦么？于是，我就想……"

问："你是什么时候产生要毒死刘月生的想法？"

答："就是那天上午我去领救济粮，发放粮的人硬说我家只有两口人，我说有三口人，他怎么也不相信，说我家外撤的名单也只有两口人。我气倒了，我想连救济粮都没有月生的份，他又要吃饭，还不如让他死了算了，死了政府还要给几个赔偿钱。"

问："你下毒药时有别的人知道吗？"

答："不知道，是我一个人干的，我也没有告诉月生他爸。"

问："你毒死刘月生后，想达到什么目的？"

答："我看到月生很痛苦，又造孽，怕他死在我们之后更造孽，没有人照顾他。"

问："还有其他想法没有？"

答："因为这回刘月生病得不轻，毒气又没有毒倒他，但肯定是受了毒气的害，政府给那些死了的人发了那么多钱，我们连救济粮都领不到，将来的日子更不好过，所以我就想他死了比活着好。"

问："你辛辛苦苦把刘月生养了几十年，为什么这次才想到要下毒药毒死他？"

答："我确实看到他造孽，以前身上只长过一个褥疮，这次全身都烂了，他活着也是痛苦，所以……"

唐秋香想起那天的情景：刘月生在屋内呻吟。

唐秋香听见呻吟，擦了一把额头上的汗，起身来到刘月生面前，看着他褥疮扩散，脓水横流，又脏又臭，非常可怜的模样，自言自语地说："我去给你兑药去。"

唐秋香走进厨房，把衣袋中的药掏出来，然后取了碗，把维生素倒进碗里，提来开水瓶，正要往里倒的时候，她停顿了。她突然想起还买了毒鼠强的，赶紧从衣袋里掏了出来，生怕搞混了，赶忙将药放到火塘边的常用药柜高处。思忖片刻，她立即又拿回来，担心刘月生自己误食。

唐秋香拿着药突然想"偷饮自尽"，死了算了！回到厨房，她头昏，思绪乱了起来，方阵也乱了，她不知不觉地去取剪刀，双手颤抖着，用剪刀的尖尖撬开药瓶的铝皮，取了橡皮盖，把毒鼠强一股脑儿倒进碗里，模模糊糊地倒进些水，用筷子搅匀。搅拌中，开水的蒸汽渐渐消逝，她看见两根骨头交叉着架起一个人头骷髅的标识离她越来越近，又仿佛看见自己消失在水中，还仿佛看见剪刀张开的手把像手铐铐住自己，还被关进那水中的牢笼，心头咯噔咯噔地打鼓。她的手在颤抖，脚在颤抖，浑身在颤抖，她一个寒噤，对自己说："喝不得啊，喝不得，喝下去月生就更要造孽了！"

唐秋香端起碗，走近窗前，看到窗外青山绿水，坡下的小河在呼唤生命的珍贵，她举起碗，猛然向窗外摔去！心想，这下放心啦！这时，屋内传来刘月生的呼唤："我要吃药啊！"

唐秋香完全忘记了刚才扔出去的是什么药。她这才重新取来青霉素，稀释进刘月生的常用碗里，加水搅匀，用嘴吹吹气，下意识地递到嘴边，尝了一口，端到刘月生跟前，拿起调羹，一勺一勺地给他喂药。

民警问："刘月生刚死，你为什么要急急忙忙把他埋了？"

答："我想月生死了后，我们报告了李平安，又叫张铁嘴来看了尸体，并且帮助一起埋了。有人证，政府会相信的。再说，我想保全月生的全尸，我看见别的死人在火葬场火化，很害怕。"

说着，唐秋香哭了起来。

民警："我们还要带你去指认现场，找到作案的工具。将依法对你做出惩罚。"

紧接着，公安民警在刘家院子找到了一个摔碎的碗片，还在河边找到了撬开药瓶的剪刀等工具。

与此同时，公安民警搜捕了卖耗子药的商贩。经审讯，供认确有卖药的过程。时间，地点和人物，均相吻合。

刘月生的尸体暂时没有找到，无法证实他的真正死因。但根据唐秋香、刘为林、张铁嘴、李医生和卖药商贩的询问笔录，虽然没有找到尸体，但可以证明人是死了的，且唐秋香承认是她亲手毒杀的。

几天后，唐秋香投毒杀子的消息，一下在高桥镇上传开了，她被公安机关依法逮捕，上演了故事开头的那一幕。

十一

李冬梅的讲述

李冬梅说："到底是谁杀了人，都要等到水落石出，真相大白于天下，才能以正视听。当今社会，见过的和没见的，听到的和传说的，火石没有落到脚背上，谁也不知道痛。事件不到时候，不到特定场合，谁也不会承认是错是对，是真是假。"

李冬梅回忆说，记得那一天，火车飞驰，窗外风光无限，变幻莫测，一会儿高山，一会儿流水，一会儿钻山洞，一会儿飞越桥梁。此时此刻，此情此景，使人才感受到天下之大，山河之壮美，土地之辽阔，心胸随之宏大。

　　火车行进的轻微晃动中，刘月生的名字和形象不停地在李冬梅脑子里翻转。她记得，还在读小学的时候，一天，父亲叫她送一种舒筋活血的药到镇东头张铁匠家去，说要给一个姓刘的残疾人治病。

　　那时，李冬梅在铁匠铺沿河边的院坝里第一次见到刘月生，也是第一次看见瘸着腿的残疾人。

　　刘月生借助大树枝丫的力量，正在两根麻绳吊着的一块木板上坐着荡秋千。见来了个小姑娘，激动地停下，没想脚不好使，一屁股跌到地上，发出"哎哟"一声尖叫，把李冬梅吓了一跳。

　　刘月生用手撑着地爬了起来，瘸着腿对李冬梅说："你来，你来。"

　　李冬梅早就荡过秋千，毫不谦让地坐上木板，双手握住麻绳，用力一甩，荡了起来。

　　刘月生看着李冬梅天真活泼可爱的样子，情不自禁地唱道："安灯逸灯麻灯甩，我看见天边扯火闪；安灯逸，那个麻灯甩，雷公来了打闪闪……"

　　李冬梅也情不自禁地唱出几句：

　　两根麻绳拴块小木板

　　挂在村口的大树干

　　天地风云多变幻

　　秋千拉起彩虹线

　　我们一起荡秋千

你荡去桥边

我荡来河岸

一荡一荡欢乐度童年

我们一起荡秋千

你荡到天边

我荡至云端

一荡一荡似神仙

李冬梅随歌而荡漾，嘻嘻嘻笑个不停。

荡着荡着，半天才停住晃动，李冬梅好奇地说：
"你教我唱歌嘛。"

刘月生说："那你教我认字。"

两个小孩在院坝里拉钩承诺，发誓不变主意。

张铁嘴见状，十分高兴，上前去摸摸李冬梅的小脑
袋说："冬梅呀，你看月生腿不方便，家又在农村，他
也很想上学，我打算让他寄宿在我这儿，如果你愿意当
他的老师，有空就过来教教他，怎样？要不，你就把你
一年级学过的课本送给他，让他也有书读。"

李冬梅顿都没打一个，慷慨地回答："要得。我这
就回家去拿课本！"

李冬梅回家问爸爸："刘月生是张铁匠的孩子
吗？"

李医生回答说："张铁匠是他干爹。原来，张铁

匠和刘月生，还有柳成奇，他们早先都住在农村刘家院子，是邻居。刘月生小的时候被山上的毒蜂蜇了后，成了残疾人。很可怜的。"

李冬梅好奇地问："农村人跟城里人为什么不一样呢？刘月生为什么不上学呢？"

李医生说："他家是在农村住，一天到黑干农活。出门就把鞋子脱，天晴落雨打赤脚。回家没得时间坐，剁了猪草又推磨。肩带挑来背带托，三顿竟把糊糊喝。学生上学最恼火，翻山越岭又爬坡。家隔学校远不过，来回要走几里多。"

李冬梅惊讶地问："他们为什么跟我们不一样呢？"

李医生回答说："农村人吃饭吃菜靠自己种，城里人则靠工作挣钱去买。刘月生家在农村，家里穷，又有病，就没有机会上学。你的条件好些，千万不要嫌弃别人，把你学过的课本送给他，就等于帮了他。从小就要养成有爱心，乐于帮助别人。"

从此，在李冬梅幼小的心灵里，对刘月生深深地种下了"同情"两个字。她经常去铁匠铺打听刘月生的消息，给他送学过的课本，碰不到人就请张铁匠转交，直到她上了初中、高中，还偶有书信往来。

十二

柳小双的讲述

柳小双说："唐婆婆不会杀人的，她拿泡粑给我们吃过。"

柳小双记得十几天前去刘家院子给唐秋香送生日礼的热闹情景。可十几天以后，就到了过大年。万万没想到刘家院子就冷清了。

刘为林孤独地守候在刘家院子，一个人的年饭还得一个人来自己弄，这是他活了快七十岁，头一回一个人过春节。苦涩，忧伤，煎熬，五味杂陈。他想：刘月生尸首不见，到底去哪里了呢？唐秋香为什么要毒死儿子呢？他百思不得其解，年饭吃不下去，酒喝不进口，眼闭不下来。脑子里一团乱麻。直到村子里一家挨一家迎接新年的鞭炮响起。

刘为林听得出来，鞭炮响的时间最长的是柳娃家。

柳家在灾难中虽然死了好几个人，但他儿子多，媳妇多，子孙多，在外做事的人也多。柳娃借着酒兴对家里人说："父亲要是在世的话，这年就过得团圆了。唉，都是唐秋香这一家人害的。这下好了，她犯了杀人罪，不死也得脱层皮！"

柳娃的媳妇怀疑地问："她咋个下得了手毒死儿子呢？不太可能吧！"

柳娃肯定地说："啥子不可能啊，我公检法的那几个哥们都说，她杀人的工具样样都在，铁证如山，死定了。不判她个死罪才怪，让她痛不欲生，生不如死！"

他们说得正热闹，童言无忌的柳小双走到桌子边，对大人说："那个唐婆婆不会杀人的吧，那天还给我和姐姐泡粑吃的。"

柳娃睁大眼睛说："小娃娃，懂个屁，她是你爷爷的大仇人啦！不信，你问你婆婆去。"

柳娃接着又说："你们那天在河沙坝发现的死人骨头，已被公安机关拿去检验了，证据确凿，看她还有什么话说。"

正好，柳娃的母亲马尚凤在隔壁听见了他们摆唐秋香杀儿子的故事，出来制止说："你们不要落井下石。那刘月生是自杀，还是他杀，都没搞清楚，你们就不要在那里自己断案嘛！"

柳娃站起来回应母亲说："妈，她是我们柳家的仇人啊。"

马尚凤反驳道："什么仇不仇的呀？母亲会把养了几十年的儿子杀了吗？"

柳娃争辩说："她为了要政府的赔偿，什么事都做得出来的啊。"

没想到这句话把母亲气坏了，她有些火气地说："那我会不会把你杀了，去要政府的赔偿嘛？你们说些话，上不粘天下不接地的，乱弹琴！"

柳娃想想也是，说："我不跟你争了，你老了，话多！”

柳家媳妇和女儿小双见他们吵起来，一齐过来相劝。

这顿年夜饭，柳家吃得并不开心。

十三

刘月生和李冬梅的幻觉

幻觉之一

且说李冬梅发现刘月生活着的影子后，一直寻找他的下落。她仿佛看见那天坐在车厢里的刘月生紧张得要命，他一直在心底敲自己的警钟，从今天起自己叫"刘日生"，一定要牢牢记住，牢牢记住！

刘月生来到举目无亲的深圳，看见车水马龙、高楼林立，却没有一处是他的栖身之地。几天下来，身上的钱就花光了，工作也没找到。他没有看到想象中的"天堂"，也没有见到"摇钱树"，而是"冷暖人生"，人各自知，眼看就要成为一个流浪汉。

这天，刘月生搭顺风车来到了东莞，御掉腿上的夹板，还原他的本来面目和躯体，俨然成了一个讨饭的。他在一幢破旧的楼房门口停下，饿得发慌，饥不择食，伸手去捡垃圾筒里半块发霉的面包充饥。他发现垃圾筒里还有矿泉水瓶、酒瓶和废旧报纸诸多废物，心生一计，穷则思变。他想，将它们捡起来，分类积攒，凑少成多，拿到废旧物资公司收购门市变卖成钱，岂不为一条养活自己的生路？

刘月生赤手空拳，将一张张旧报纸摊开做包装纸袋，准备打包那些废旧东西，在那捆扎的瞬间，"K县井喷"几个大字醒目地映入眼帘。他定眼细看，发现大标题写道：K县井喷事故折射出人生世态百相。

刘月生晃眼一览，把能认识的字全认完了：

百姓恐惧仍未消除，生活安全无保障；

五口人骨灰埋院中，伤心事不愿再提起；

千万抚恤金涌入，贫困山村炸开了锅；

为争数万抚恤金，亲家打官司对簿公堂；

慈母为获赔偿金，毒死亲生病残儿子被捕；

……

刘月生知道一个小标题下记录着的是一个故事。唯有最末一个标题使他顿时一震，报道写的是自己的事啦！他忙将那张报纸折叠起来藏进口袋里。心里一直问自己："我是被母亲毒死的吗？我是被母亲毒死的吗？"

那一夜，刘月生没有合眼。他决定第二天到处去找旧报纸，去查有关"井喷"的消息。几天下来，没想到积攒了好几摞旧报纸，有十多斤重。

从此，刘月生开始收捡旧报纸，一来卖废纸赚钱为生，二来从中了解家乡井喷过后的情况。

刘月生在东莞郊外的一处垃圾场边，搭棚为居，以捡垃圾为业，开始走自食其力的"创业"之路。不久，他捡到一辆破旧三轮车，凭其多年的修理技能，改装翻新，装置电动机，一来方便自己出门，二来省力拉货。

很快，刘月生驾驶着电动三轮车，开始走街串巷，收购废旧物资。

"旧书、废报纸拿来卖！"

"破铜烂铁拿来卖！"

"旧电视机、旧洗衣机、旧电风扇拿来卖！"

······

一时间，在东莞只要听见这个川渝口音的人吆喝，大家就知道是残疾人刘月生收破烂来了，人们纷纷将家里用不着的东西卖给他。

天长日久，刘月生以诚信为本，以勤劳为生。在废旧物资收购业闯出一条致富之路。他有了些资金积累，梦想将事业做大。他招兵买马，租地囤货，将垃圾和废旧物资分类储存出售，提高价值。

刘月生虽然从捡垃圾中淘到了第一桶金，但他还是惜金如命，深知挣钱的艰难。他一边积累，一边骑车出工。

一天，刘月生来到一幢高楼前吆喝着："旧书废报纸拿来卖！旧家电旧家具拿来卖！"

刘月生的吆喝声引起了刚从楼里出来的一个年轻美貌的戴着墨镜的女子的注意，只见那女子着正装，高挑稳重，细皮嫩肉，既有前凸后翘的风韵，又不失文静优雅的内涵，一看便知是外来妹。

那女子一直朝刘月生看，似乎还想听他吆喝几声。他们眼光交会，相视许久无语。

那女子朝前走了几步，好奇地问："喂，你刚才吆喝什么？"

刘月生毫不在意地回答："我吆喝收购废旧东西，你有吗？"

那女子摇摇头，见他没领会到意思，说："我想听你吆喝的声音。"

刘月生"啊"了一声，随即："旧书、废报纸拿来卖！"

"哈哈哈，"那女子突然大喊一声，"你是刘月生？！"

刘月生莫名其妙，定眼细看，还是没认出她是谁。

那女子摘掉墨镜，用川东话大声地说："我是冬梅。你认不出我了？刘月生！"

刘月生已经有两年多没见过李冬梅了，想起警察查身份证的情景，不敢肯定地说："不，我叫刘日生。"

李冬梅又"哈哈哈"一阵大笑，说："哎呀，刘月生，你还装嘛！我做梦都在找你哒。"

刘月生这才难为情地说："我是个收破烂的，哪个敢认你嘛！"

李冬梅看着他的模样，有些伤感地："那年在火车上，你跟警察说你叫刘日生，我才没敢上前来认你。"

刘月生大吃一惊："为什么，你为什么不来认我？我就是追随你来的！这两年，我找遍了深圳和东莞的旮旮旯旯，就是没找得到你的消息。没想到，今天……你来这儿做啥子？"

李冬梅仰头看了看面前的高楼，说："据说大楼的老板资金周转有问题，大楼又是违章建筑，要拆迁了。"

刘月生"啊"了一声问："你认识大楼的老板？"

李冬梅回答说："认识。当然认识。"

刘月生"嗯"了一声："没什么，没什么。"

李冬梅看出了刘月生的板眼，说："我猜你是想这大楼拆迁的话，你来收购楼里的废旧物资？你这点小算盘，我猜到了吧！"

刘月生不好意思地说："只是想法。我都没问你在哪里上班。不好意思哈。"

李冬梅像小时候教刘月生读书一样，有问必答。说："我在这家公司做实习律师，当法律顾问。要不，带你去见见老板？"

刘月生一点准备都没有，感到很唐突。说："下次吧。我身体不便，又开着电动三轮车，像个破烂王。改天好了。"

说着，刘月生发动三轮车要走。没料到，李冬梅调皮地一跃跨上去，坐在刘月生身后，说："走，我也跟你去兜兜风！"

刘月生骑着三轮车，高唱着："安灯逸灯麻灯甩，我看见天边扯火闪；安灯逸，那个麻灯甩，雷公来了打闪闪……"

几天以后，刘月生跟着李冬梅来到"东莞商业贸易公司"大楼，认识了老板李自强。

又过几天以后，刘月生了解到，这家公司因为进口业务减少，正在紧缩开支，裁减人员。

这是因为，随着国际贸易的不断下滑，经济越来越不景气，公司业务日益减少，濒临倒闭。偌大一个企业，偌大一幢办公楼，天天都有辞职的员工从大门走出，再也不回头。

那个非常受人尊敬的李总，出入都不坐车了。

一天夜里，李总在一家大排档餐馆喝得烂醉如泥，被人扶着等出租车的一幕，恰好被骑车路过的刘月生看见了。

刘月生上前去说："李总，若不嫌弃的话，我送你回去！"

李总见他是李冬梅那天介绍的老乡，模糊中答应道："要得！"

刘月生赶忙将车上的废旧东西扔了，铺上一块干净的布，让李总坐上了车。

刘月生将李总送到公司大楼前，又把他颠颠簸簸扶上办公室。

谁知，李总喝得确实太多，不省人事，躺在沙发上要吐。刘月生将他搀扶到洗手间，哪想到他如烂泥瘫倒地上，呕吐不止，呕吐的秽物溅到身上和地上。

李总"哇哇哇"地咳嗽，脸红筋涨，仿佛有异物卡在了气管，死去活来，要命的样子。刘月生一边给他捶着背，一边收拾他衣服上的残渣。

也许是那异物太大，怎么吐，怎么咳，都不见有消失的迹象。

刘月生用力捶捶李总的背，轻声地说："李总，如果你不介意的话，我用嘴帮你吸出来！"

李总睁开眼睛，转头看了他一眼说："这怎么好呢？"

刘月生说："没关系，我试试。"

刘月生扶李总躺回到沙发上，自己跪在地上，一只手按压着李总的胸，一只手挤压着他的鼻子，憋足气，嘴对嘴使劲往外一吸。

李总惊了一下，咳嗽两声，卡在气管里的异物不见了。

李总在迷糊中睡去。刘月生又忙着给他擦洗衣服上的脏物，还把办公室和洗手间打扫得干干净净。

此事令李总非常感动。第二天即打电话给李冬梅说："你那个朋友不错，昨晚救了我一命！"

从那天起，刘月生可以自由出入李总的办公楼。

一天，刘月生再次来到李总的办公室，想打听一下大楼拆迁的信息。李总在沙发上坐了一会儿，故意将一万元现金从裤兜里挤出，落在那里，想试试刘月生的操行。

刘月生在那里苦等半天，也不见李总再露面。

直到中午，李总才出来。刘月生便原封不动捧起一万元钞票递给李总，说："李总，你钱掉了。"

李总故作惊讶，伸手摸摸裤包，说："哎呀，我都没注意。你看这人越穷越倒霉，越粗心大意，谢谢你啊。"

打那以后，刘月生通过李冬梅的牵线搭桥，很快与李总有了交情。

令刘月生终生难忘的是，那天李总把他叫到办公室说："我的企业要破产了，这办公楼也要拆了。"

刘月生一听，顺其自然地说："如果要拆大楼的话，我知道水泥桩里有钢筋，还有墙上的旧砖，房顶上的旧瓦，都是可以变卖成钱的。要不我们组建一个拆迁公司，从拆这幢楼房开始，另辟一条生意出路？"

没想到李总一拍大腿，惊喜地说："好哇，你的想法好哇。就以你的名字注册家公司，过几天就开始拆房！"

刘月生哪里想到，注册公司很容易，开张营业就难了。没有工程技术人员指导，没农民工，没有运输工具，怎样才能将一幢看似坚固完整的楼房拆除，既省力，又省工，还省费赚钱呢？他想了一个办法，去当地找个合作伙伴，让合作者提供技术支持。他心里清楚，亏本生意不能做。大事小事，事必躬亲，凡事过过手，才能下得手。他脑子里装满了拆除旧楼的方案。因为从过去收购废旧物资的无本生意到自己开公司，干大买卖的转型，只许成功，不能失败。

开工那天，刘月生亲自主持，要求工人从房顶开始拆起，尽量保证瓦片完整，砖块完好，见水泥桩子，则砸碎取出钢筋。几天以来，几十名工人在房子上，掀瓦打墙，尘土飞扬，热火朝天。房子还没拆到一半，城管来了。

"谁是老板？"

刘月生被叫去问话：废旧物资乱堆乱放，按城市管理规定，要罚款一万元。

城管刚走，环保执法人员又来了。

"谁是老板？"

灰尘满天，河沙满地，污染了大气，污染了城市环境。要罚款五万元。

送走环保人员，安监部门的人又来了。

"谁是老板？"

你的工人高空作业，没有系安全保险绳，周围还未搭脚手架。要罚款十万元。

……各种阻碍接踵而至，气得刘月生跺脚。心里埋

怨："钱一分没看到，就要接受多种罚款，这是什么开
放前沿哟？"

没办法，这时候刘月生只好去请教李总，还拆不拆
房子的事。李总告诉他："不当家，不知盐米贵。走一
步，看一步。关系靠维护，朋友靠交往，经验靠积累，
事业靠打拼，小事不会做，何以干大事！"

刘月生豁然开窍，下定决心继续拆。从此把精力一
半放在去沟通城管、环保、安监等部门关系上，一半用
在回收废旧砖瓦和钢筋上，平生第一次在商海中闯出一
条路来。

一个月后，没想到的是刘月生将拆迁大楼所获得的
几十万元利润，如数奉送到李总手里，说："李总，你
有了这些钱，还可以东山再起，从头做生意。"

李总接过支票，再三看看刘月生，有些割舍不得
地说："月生呀，我们相识已有一些时间，我的公司垮
了，我也要离开深圳出国去看夫人和孩子，没想到你还
给我筹了路费。我没有什么感谢你的。这样吧，我给你
留十万块钱，就当你上次救我一命的酬谢。其他，其他
我只有一点原始股票留给你，但要两年后才能解禁。如
果升值的话，就作为你的发展基金；如果亏了呢，就当
我送了你一张白纸。"

说着将一个文件袋递给刘月生。

刘月生万万没想到李总如此厚待他，连发展基金
都替他考虑到了，眼泪止不住珠子般滚了出来，正要下

跪，即被李总扶住，叮嘱他："我听说过你的一些故事，人靠坚强，困难面前不要低头，天都会助你！"

幻觉之二

不久，李总关闭了企业，走了人。刘月生去请教李冬梅，如何来发展自己的拆迁公司。

李冬梅告诉他，经营公司，就像经营人生。公司要做大做强，基础是需要有文化，光有闯劲和经商头脑，凭运气，是微不足道的。

刘月生需要学习，需要学习知识和文化。他一有空，就请教李冬梅，大家都忙时，就用电话交流。还常去听这样讲座，参加那样培训。不识的字，就向新华字典请教，不懂的词语，就看电视从中领悟，不会的交往，就请教朋友，发展朋友圈。他不停地补回没有机会上学学习的知识和文化，凡是能帮助自己积累的知识，管他天文地理，古今中外，人情世故，统统拿来，哪怕囫囵吞枣，不求甚解，均在学习之中，记忆之列。差不多花了两年时间，他不但学会了看书写字，还能写点小文章，虽然错别字连篇，但表达的意思是准确的。

李冬梅的耐心鼓励了刘月生，刘月生的勤学精神感动着李冬梅。

李冬梅对刘月生说，她也要去读经济学博士，多学点知识，以备后用。在接下来的时间里，他们交流各自读着作家路遥的小说《人生》和《平凡的世界》的心得，互相鼓励。

蹉跎岁月。在李冬梅离开东莞的日子里，刘月生在补习文化课程的学员班里认识了好多学友，从学习文化到大谈经商，从小生意谈到大买卖，从囤积居奇谈到待价而沽，从贷款融资到资本运作，从闭关经营谈到世贸流通，为的是一个目的，赚大钱！有一天，一个学员突发奇想发起众筹，集资开发大项目，用杠杆理论去撬动金融大市场。刘月生哪里知道，花花世界，陷阱无限。他倾其所有，入股投资，信以为真，盼以致富。哪料到，几个月后，集资众筹者以投资失败而告吹。

刘月生辛辛苦苦劳动积攒的上百万元一夜之间打了水漂。他说不出口，痛不欲生，更不敢向李冬梅透露半句。

刘月生一蹶不振，成天闷闷不乐，别说东山再起，连吃饭过日子的费用也越来越紧缩了。夜晚，他失眠难安；白天，他心无定向。经常早早地来到一家茶楼，要一杯白开水，加一片柠檬，一坐就是一天。他看着窗外的车水马龙发愣，眼睛不转弯，脑子满是花花世界的骗人把戏。他看着室内悠闲自得的茶客，想不到还有如此安逸养性的天堂。他无奈，他无聊，他无法，他无言……只好去把那当天出版的所有报纸拿来，从头到尾读个遍，连缝隙中的小广告，也不放过一句台词，哪怕是治疗性病之类的药方。可是，他再也没有看到有关"井喷"的消息。

刘月生沉沦了，颓废了。差不多煎熬了半年，他一再告诫自己不能自取灭亡，要站起来，从头开始，另谋出路。于是，他"重蹈覆辙"走回头路，从捡破烂开始，挣钱糊口度日。

刘月生驾驶着电动三轮车，又开始走街串巷，收购废旧物资。

"旧书、废报纸拿来卖！"

"破铜烂铁拿来卖！"

"旧电视机、旧洗衣机、旧电风扇拿来卖！"

……

一天，刘月生在整理堆积如山的废报纸时，找到了一则报道，说K县井喷确认为重大责任事故，中石油总经理引咎辞职，几名直接责任人均被判了刑。

刘月生翻遍了各种报社的多种版本的报道，除了这则消息，再也没找到相关信息，更没一点儿母亲的新闻。

刘月生将所有报纸出货，有了些积蓄，便搭车去广州找李冬梅。

李冬梅理解刘月生的处境，没有过多的责怪，而是答应帮他走法律程序，打官司，尽力去追款。追不回来，就当天灾人祸，不可抗拒的损失。关键的是精神不能垮，自信不能丢，自强不能无！

其实，李冬梅心里清楚，刘月生是一个吃得苦中苦的人，经得起风雨和受得了折磨的人，懂得珍惜当下的一个硬汉子。

那天以后，在李冬梅的鼓励下，刘月生重拾信心，开始了他的第二次创业。

刘月生创业的视野宽阔多了，他把收购废旧物资的触角伸进工厂，尤其是制造业；他把大部分精力用于拉关系找业务，用感情去投资。不到半年，他的业务就做大了，车装船载，货源不绝。为了获个好价钱，他将废金属的黑色和有色分类出售，获利颇丰，又有了些积累。

常言说："人无横财不富，马无夜草不肥。"

仅仅过了半年，中国股市像打了鸡血似的，开始疯涨，差不多全民都参与了那次炒股运动。刘月生想起了李总临走时交给他的股票。他请李冬梅帮他打开账户一看，日进斗金，天天都在上涨，简直势不可当，直线上升。两个月下来，账户上的数字后面已经有好多个零了。他不知该如何是好，向李总报告说："我从来没见过这么多钱，一定要把它归还给你！"

李总在那头说："钱这个东西，你是找不完的，也花不完的。尤其是股市，你卖不到最高点，也买不到最低点，见好就收吧，现金为王。至于还不还钱的问题，君子一言，驷马难追，账上有多少都是你的运气，你的资产。要防微杜渐，常将有时思无时。建议你以此作为资本金，再去投入，争取更大的发展和收获。"

电话断了，再也没有听到李总的声音。

刘月生此时做出一个大胆的决定，利用这几百万元资金起家，干老本行，搞拆迁，回收废旧物资，发展规模，做大做强。真是时来运转，顺风顺水，半年多就赚了不少，且一发不可收场，进账的钞票，天天都要开动点钞机，数到电机发热。

刘月生有了钱，就表现出了他的一些匪气和霸气。他和李冬梅见面的机会也不多，有时还因为一点小事，在电话里争吵不休。他的报复之心也渐渐滋生显露。苦闷时，他开始酗酒，开始进歌厅，开始找小姐，开始寻欢作乐，开始装阔显摆。

一天，他取了十几万元现金，装了一大挎包。他说要找东莞最高级的夜总会去唱歌，找最漂亮的小姐来陪侍，展示一下有钱人的风流，尝一回当"大款"的滋味！

夜总会的老板撒网全城，挑选了身材匀称，脸蛋漂亮，婀娜风流的小姐，为他准备了金碧辉煌的豪华大包房。刘月生被领班和妈咪簇拥着进了房间，老板也亲自上门点头哈腰关照。他还没坐稳，一组着三点式的小姐就排队上来了。妈咪忙说："大哥，请您精挑细选，中意为止。如果不中意，我们马上去香港和澳门调些过来就是！"

刘月生看了一眼小姐们，个个如花似玉，慷慨地说："我全要了，陪我唱歌！"

小姐们像疯了似的，一齐拥了上来："哥哥，你要唱什么歌，我去点。"

"哥哥，你喜欢听什么歌，我给你唱。"

"哥哥，我们合唱一曲好不好？"

刘月生招架不住，大声地说："你们点吧，你们随便点吧！"

一曲《依然爱你》过后，是《心雨》，再来就是《没有钱我有权爱你吗》，还有新歌《钱》……尽是些有关情呀爱呀，钱呀钱的歌曲。听得刘月生乏味。他说："跟我点一首《国际歌》！"

小姐们禁不住哈哈大笑："哥哥，你会唱《国际歌》？都什么时代了啊！"

刘月生拿起麦克风，毫不犹豫递到嘴边。音乐响起，他放开嗓门高唱：

起来饥寒交迫的奴隶

起来全世界受苦的人

满腔的热血已经沸腾

要为真理而斗争

……

从来就没有什么救世主

也不靠神仙皇帝

要创造人类幸福

全靠我们自己

快把那炉火烧得通红

趁热打铁才能成功

这是最后的斗争
团结起来到明天
英特纳雄耐尔
就一定要实现

歌声震动得四周墙壁都在战抖，也感染和感动了小姐们的心灵，她们异口同声地称道："哥哥唱得好，哥哥唱得好！"

一阵掌声响过后，小姐们一人端一杯酒拥上去敬刘月生，祝贺他歌功了得！

哪想到他双腿还有些不灵，没站稳，一杯杯酒水被打翻了，泼洒在他在香港特制的一套高档西服上，有的酒水倾倒在茶几上。

眼疾手快的"公主"冲开小姐的包围圈，替刘月生将一杯杯酒水喝了下去，又忙着抽出纸巾去为刘月生擦拭衣服，把茶几上的酒也打扫干净，生怕客人生气，扫了兴。

随即，又有小姐端杯上前敬酒。刘月生有些不高兴："不喝啦！你看你们这么多人，一人一杯，我受得了吗？你们穿得少，肉露得多，歌唱得好，酒喝得猛，不就图个我开心，图个我高兴，图我多给你们几百块小费。老实告诉你们，老子今天有的是钱！"

"来人啦，把挎包打开！"刘月生真的生气了。

"今天我高兴，一人发她们一万小费，外加一束鲜花！剩下的，哪个愿意跟我睡觉，都给她！"

小姐们看着还有半挎包现钞，"嘘嘘嘘"一阵惊讶。私下交头接耳，看得出来有人在点头，心里想说"愿意"。

刘月生往沙发上一站，大声问："真的愿意吗？"

没有一个人吱声。

刘月生继续问："真有愿意的，就站到前面来！"

有几个小姐开始挪动脚步。

刘月生狠狠地吼咐一句："千万不要后悔哈！"

说着，他将西装上衣一脱，领带一扔，衬衣一垮，再把外裤脱去一扔。霓虹灯下，他浑身上下凹凸不平的疤痕露了出来，像蜂窝一样，泛着红，染着黑，把小姐们吓了一大跳。有人说："他当过兵，打过仗，全身是枪眼，要命啦！"

刘月生镇定地说："不瞒你们说，我是个病残者，只是外表穿了件衣服遮了羞，今天有了金钱壮胆量，才敢进这里来！一旦我脱去这层皮，坦露出真实和真相，你们就没有哪个真心愿意跟我上床，甚至嫁给我！"

全场鸦雀无声。小姐们看着刘月生，刘月生也望着小姐们，不好意思地说："我这身衣服是层皮，一旦把这层遮羞布拿掉，里面的东西就会露出真相，除了几根脊梁骨不弯不曲，好多部位的肌肉都有毛病，难看得很！"

这时，突然从门外闯进一个姑娘来，拨开簇拥的小姐们，大声地说："我愿意！"

刘月生大吃一惊，还没反应过来是哪个回事，即被李冬梅拉下沙发，喊他站到不许动。气愤地伸出两只拳头，像擂鼓似的在刘月生胸脯上使劲敲打！怒火冲天地训斥："你疯啦！到这种地方来显摆！走！回公司去！"

小姐们一看阵仗，一个个溜了出去，退了场。

夜总会的妈咪和保安冲了进来，索要小费。

李冬梅拉着刘月生，快步如飞，一边出门，一边骂道："要要要，要你妈个铲铲！"

幻觉之三

刘月生被李冬梅强制离开夜总会，又气又恨，一路说他的不是："你有几个钱就不得了啦！……

"你有几个钱就花天酒地，撒银子泡妞。你忘了你捡发霉的面包吃？忘记了收破烂挣钱糊口呀！……

"你有几个钱就忘本了，你哪个不想想你妈还在为你坐牢，你爹七八十岁还在下力受苦哇！……"

刘月生越听越感到羞愧，越觉得在理，一阵跺脚："别说了！"

他跪在李冬梅面前哭丧着脸，不走了。

没料到的是，第二天，夜总会的老板听说头天晚

上来的那个大款，摆阔耍酒疯，还不给妈咪小费。这还
了得，他立即调集一帮留平头的打手，要捉拿"闯入
者"，趁机"傍"一次大款。

那天傍晚，李冬梅穿着短衣短裙，露着手膀和长
腿，打扮时髦的她，刚出自家门即被几个大汉劫持走
了。

李冬梅不知自己被关到哪里了。只见棚房四周是水
塘，蛙声和蟋蟀的尖叫声从油毛毡隔墙的缝隙挤进来，
令人心烦意乱。蚊虫的飞扑，饿狼似的叮咬，令人浑身
不自在。她被捆着，动弹不得，打手们一会儿要她踮起
脚尖站着，一会儿要她坐在肮脏的地上，一会儿又要她
趴着……十八般刑法，都叫她尝尝。目的只有一个，说
出刘月生的电话和住址。

李冬梅抱着打死不说的信念，她知道这是个陷阱。
她一说出来，刘月生就要招来横祸。迷糊中，落在打手
们手里的电话响了，是刘月生打过来的。一个打手示意
另一个打手，将电话拿过去要李冬梅接听。

没想到，李冬梅接过电话，眼疾手快，使劲朝门外
一扔，"咚"的一声落到鱼塘里。

且说刘月生，知道李冬梅生气了，一直在等机会做
解释，等了一天都不见人影，电话也打不通，打通了又
不接。他怀疑昨夜喝酒喝醉了是不是伤害到了李冬梅？
他越想越感到不对劲，想到昨晚在夜总会摆阔时可能得
罪了哪位小姐，要不就是老板？他立即开车去李冬梅的

公司找，都说没见人来上班。这下，他更急了，不知所措。拿起电话一阵乱翻号码，不知向哪个号码呼救。号码不停地乱跳，不慎被手指摁到了李总在国外的电话。

电话通了，刘月生将错就错，支支吾吾地求救。

李总毕竟经验丰富，告诉刘月生这种情况大都是得罪了夜总会，他们勾结黑社会扣留人质要挟要钱，以此捞取赎金。还告诉他说，这一带发案的地点，犯罪分子大都选择在郊外的鱼塘看守处，他自己也曾遭遇过。

于是，刘月生开着汽车一个劲地朝郊外跑去，他要一个人去"偷救人质"李冬梅。

黑夜的郊外，星星点点的灯光散落在无际的海边，一道道篱笆墙将大海滩涂分隔成"井田"。下了主干道，便是机耕道，越走路越窄，越走道越弯，弯来拐去，驶进了断头处。下车一看，前方无路可行了。

鱼塘里的水泵高扬着补充氧气的水，风生水起；蛙声此起彼伏，时而低沉，时而高亢，将夜幕下偌大的舞台闹翻了天，不和谐的独奏、重奏、协奏，演绎成一曲黑夜大合唱。

焦急于荒野的刘月生，心烦意乱，一直等到那些已经闹腾得无力的山虫野蛙渐渐歇息下来。他正想打道回府时，耳边突然传来一个女孩呼救的呻吟。远远地搜索，只见灯火中一间破房里有人影闪动。

刘月生睁大双眼，定睛细看，洗耳静听，发现呻吟之音是从不远处的破屋里传出的。他即轻手轻脚顺着池塘埂摸爬过去。

"站住！站住！"棚屋内传出喊声，随即闪出两个大汉来，一股强烈的电光照射到刘月生的脸上，使他的双眼顿时遭到猛烈刺激，面前一片漆黑，什么也看不见了。大汉刚来到面前，刘月生操起拐棍横竖狂打，想不到被眼疾手快的一个大汉拦腰折断，棍飞棒落，浅起池塘几朵水花。

陪伴刘月生半辈子的拐棍折断落水，就像要了他的命一样，他大声地喊："跟老子捡起来！"

不到一分钟，两个大汉快步如飞，将刘月生摁倒在地，拖进棚内。

"说，你是干什么的！还他妈的敢打人，装瘸卖拐的！"

刘月生睁眼一看，李冬梅被绑在木柱上，散乱的头发像鸡窝，灰不溜秋的，全身上下被麻绳捆绑勒的红印在肌肉上鼓起，被蚊虫叮咬的疙瘩像麻疹一样布满手脚，已不成人样。他心疼地大声呼喊："你们不能欺负她！"

"啊，你就是昨夜摆阔的老板？你是不请自到哇！"

一个打手兴奋地问话，一个打手激动地报喜。只听电话那头说："先教训教训他再说！"

"你来这里干什么？"

刘月生怒斥说："你们凭什么抓她，有事我来承担！"

"抓不抓谁，关你狗屁相干！她不是你的律师吗，还敢打官司要钱吗？"

刘月生终于明白了原来搞众筹的老板与夜总会有瓜葛，反抗说："她是我的员工，你们不能伤害她！要钱我拿给你们还不行吗？"

李冬梅看见刘月生的到来，相信自己有救了，心一酸，哭了起来。

另外两个打手见刘月生嘴硬，放开对李冬梅的看管，冲过来帮忙。一个用拳打，一个用脚踢，几个来回，将刘月生打得趴在地上。

李冬梅拼命地求救喊着："你们不能打他呀，他是个残疾人！"

"管他残不残，把他打残点舒服！"刘月生又遭一轮暴打，打得他惊叫唤，连用手抱头的机会和力气都没有。

李冬梅一个劲地哭喊："求求你们了，不要打他！"

电话响了。听筒里在问："教训得咋样了？"

一个打手回答说："他很强硬！"

"好哇。他欠揍，打到他服软为止。他不是有钱嘛，看他拿多少钱出来把人赎回去！"

电话断了。一个打手抓起刘月生头发问："你听见了吗？老板问你拿多少钱出来，把你的人赎回去！"

冤有头，债有主。刘月生果然弄明白此事的来龙去脉和由头，心想人在屋檐下，只能低点头，来软的，挣扎起身吞吞吐吐地说："要钱嘛，为什么不早说。打个几百万的小官司，何必要抓人做人质？"

"说！拿多少？不拿，今天是走不到路的！"

刘月生看看可怜的李冬梅，很是大方地说："这样嘛，照昨天的数，装满一包。另外，再加几万，你们几个兄弟拿去买酒喝！我想，你们也是打工的，山不转水转，说不定哪天你们哪个失业了，我欢迎你们到本公司来。我发誓，绝不食言，也不会亏待你们。如果我说假话，出门开车车撞死，下海遭海水淹死！"

打手们听到此时，心软了，心动了。松开刘月生，让他坐起来。打手问："那钱什么时候交货。大哥，我们老板是不见兔子不撒鹰啰！你不兑现，我们也走不脱呀，懂噻。"

刘月生说："你们把她放了，用我的车送她回城，去医院做检查，将我留在这里，明天上午她跟我打电话，如果她安全，就到银行提款，你们看行不行？"

打手立即拨电话请示。听筒里传来："我看可以！"

第二天，刘月生如约凑足赎金兑现后他才脱了险，还没来得及报案，也同李冬梅一样被送进了医院。经检查诊断，两人都只是受了皮外伤和软组织撞击伤，休息几天即可出院。

病床上，李冬梅深情地看着刘月生，刘月生暧昧地盯着李冬梅，想说知心话，又不知话题从何开头。还是李冬梅好奇而坦诚地先问："我不明白，你为什么会吃耗子药，为什么要逃离家乡，为什么要出来创业？"不停地问，反复地问。

刘月生毫无保留地回答说："小时候，我羡慕你生活在城镇，羡慕你有书读，羡慕你有文化，羡慕你在外风光，所以我追随你的脚步来到广东。……我的家庭是个不幸的家庭，我的人生是个不幸的人生。社会遗弃我，年老的父母无能再养我，我常想生活在这样的家庭，生存在这样的底层社会，一点意义都没有，生不如死。报纸上说我母亲为了要政府的赔偿金把我毒死了，其实我也实在记不清是吃了哪种药，不是别人给我吃的，是我自己吃的呀！哪料到，老天偏偏眷顾我，死都不给机会。我时常想，既然如此，死都死过的人，就消失了算了。所以，我不想回家乡，也不想一时半会见父母，只想在外挣点钱养活自己，重新做人……"说着说着，他哭了起来。

李冬梅看见一个大男人伤心地哭诉，心一下子软得像棉花糖，赶忙下床，走到刘月生面前，伸手擦去他眼角滚滚而流的泪水。

刘月生顿时感到她那细嫩光滑的手，一双女人的手，在他脸上和眼角，轻轻地滑动，一种异性的触及，肌肤的快感，瞬间荡漾在心间。他睁大双眼，目光不移，好一阵才说话："你是第一个知道我身世和心事的人，千万不要对外讲哈。"

李冬梅的手慢慢从刘月生的脸上移开，缓缓地缩了回来，她竟不知往哪里放，改口气和话题说："像我这样有点文化的人在外打拼都不容易，更何况你呢。当今社会，关系网密布，人际复杂，要想成就一番事业，必须付出沉重代价，去编织关系网，适应潜规则，顺应潮流，才能谋事、做事、干事。"

刘月生像受教育一样，静静地听着。他想了大半天才说："你上过大学，有知识，有经验。我就差了。虽然自学了两年，还是不行。"

李冬梅谦虚地说："现代社会进步快，知识更新快。一天不学习，就等于自杀！"

刘月生惊了一下："自杀？"

李冬梅说："我说漏嘴啦，对不起！"

二人哈哈哈一阵大笑。

刘月生请求似的说："我公司还没长大，我还需要你的帮助，要不你来我的公司，进一步帮我提高学习，我要是不学习，等于又一次'自杀'！"

"哈哈哈"，他们再一次开心地笑着。

接着，他们谈了许多企业发展的规划和步骤，更多的是家乡的故事。

几天以后，刘月生感觉到身体越来越舒服，全身筋骨越来越硬朗，行动越来越自如，从里到外，没有一点别扭了！刘月生双手撑在床沿上，想动动身子站起来，他刚一伸腿，一个意想不到的奇迹发生了。他的双腿越伸越长，而且有了力量，血脉一下通畅无阻，运动神经恢复了弹性，有了支撑。他慢慢地站起来，迈开脚步，一步一步行走起来。虽然还有点颤，但这是有生以来第一次感觉到双腿有力量，有干劲！他越往前走，越觉得奇怪，越感到兴奋，越是兴高采烈。他终于站立起来，一夜之间变成了一个能直立行走的人。

刘月生激动得不可开交，上前去抱住李冬梅，大喊："天哪！天大的奇迹出现了！"

李冬梅看着刘月生，深感意外，万分吃惊，自言自语："奇迹，惊天的奇迹！"

差不多整个医院的医生都挤进病房来，看看神奇的出现，探究药物的神效。其实，这剂"良方"，刘月生自己知道，是生与死的搏斗取胜，是爱情的力量和事业的希望双重喜悦催化的作用！

从此，刘月生史诗般地完成了"人类从爬行到直立，从直立到行走的漫长进化"，他用几十年的时间，实现了人生"时运不济，命途多舛"的蜕变！

尾
声

一

　　唐秋香被戴上手铐，沉默不语坐在审判席上。公诉
人宣读了起诉书，审判长一一询问被告、辩护人还有什
么问题需要答辩。

　　投影幕布上一一展示着唐秋香的杀人作案工具：毒
鼠强空瓶、剪刀、碗碎片、棺材板……

　　辩护人说："从展示的作案工具来看，看不出有杀
人的毒药。"

　　公诉人说："公安机关将唐秋香的作案工具和商贩
的所有药品送往刑侦技术部门检验。报告称，唐秋香扔
到窗外的碗片上有毒鼠强残留成分，而商贩提供的毒鼠
强中，有一部分已失药效。"

　　审判长起立，宣判道："本院认为，被告人唐秋
香用毒鼠强毒死刘月生，其行为已构成故意杀人罪。公
诉机关指控罪名成立，依法予以支持。被告人唐秋香
为获得国家补偿，毒死尚在患病正需要母亲照顾的亲
生儿子，性质恶劣。依照《中华人民共和国刑法》第

二百三十二条的规定，判决如下：被告人唐秋香犯故意杀人罪，判处死……"

唐秋香刚听到"死"字，一怒狂喊："不！不！冤枉啊，冤枉！月生不是我杀的，我没有杀月生！"

张铁嘴突然从旁听席上站了起来，大叫起来："审判长，刘月生没有死，他是我放走了的！"

顿时，法庭窒息，旁听庭审的人全把目光聚集到张铁嘴身上。

张铁嘴心急如焚。他大喊大叫不停："审判长，我有话说，刘月生不是唐秋香杀死的，刘月生还活着，他是我从棺材里拖出来放走的！"

审判长瞪大两眼，顿时震惊得无语。

法庭一片哗然。旁听的人交头接耳说："张铁嘴在撒谎。他年轻时就和那女人勾搭，今天他为了保唐秋香，出面来撒谎。"

"他在要魔术，突然把死人变活了，还放走了耶！笑话，天大的笑话！"

"活要见人，死要见尸，连个人影都没有，他是在拿法律开玩笑！"

"哎呀，宁愿相信世上有鬼，也不相信张铁嘴那张嘴！"

……

审判长大声地喊："肃静！肃静！张铁嘴，你到候审室把详情说说。"

尾声

　　张铁嘴在人声鼎沸中大声地朝唐秋香喊："大姐，我错怪你了，我也是一片苦心，想为刘月生寻找一条生路呀！"

　　刘为林再也坐不住了，也站起身来，指着张铁嘴骂："我们一起埋的月生。你……你哪个救的月生嘛，你们一………一唱一和，搞的啥子鬼名……名名堂？"

　　说着又转过头对唐秋香大骂："你这个烂婆娘，那年你拿钢钎酒给我喝，骗……骗老子，……怪……怪……怪不得今天要拿耗子药闹死这个儿子！"

　　张铁嘴再次大声地喊："法官，法官，你让我把话说完！"

　　——那天夜里，张铁嘴和唐秋香他们把刘月生草草掩埋后，他沿着琴泽河边的路往镇上走，走着走着，仿佛听见河水上涨发出怒吼的声音，他停住脚步冷静地一想，刘月生真的是死了吗，还是休克而眠？仔细一回想，那棺材反正没盖严，转身跑回到坟前，用铲子刨开泥土，掀开盖板，伸手去摸摸刘月生的脸。指尖的神经末梢接触到皮肤不但有弹性，好像还有一点温度，他吃惊地大喊起来："月生，月生，你醒醒！"

　　张铁嘴喊着喊着，他仿佛看见刘月生的尸体轻微地动了一下，把他吓出一身冷汗。

　　张铁嘴此刻意识到刘月生没有死，使出浑身力气大声地喊："月生，月生，你醒醒！"一边喊一边摇。

刘月生像酒醉失忆后于梦中猛然醒悟，"噌"地一下坐起来，把张铁嘴吓得退了几步。

张铁嘴又惊又喜又害怕，上前一步一边喊："月生，你活着？"一边伸手去扶住刘月生的腰。

刘月生摇摇脑袋，神智有些清醒，但不知此时身居何处，遭遇了何种灾难。他定定神，渐渐地得知自己睡在狭窄的棺材里，心想是不是真的闯了鬼啊。

刘月生发出微弱的声音说："干爹，你怎么在这里？"

张铁嘴没做解释，上前扶起刘月生说："起来，我们走！"

一路上，张铁嘴心里犯着嘀咕："唐秋香为什么要杀他呢？是真杀，还是假杀？这么多年的辛苦，把人都养大了，为哪般嘛？"

心里气愤着："明明知道月生是我们两个的儿子，哪个要杀他呢？为了儿子，老子终身未娶，今天才认识到这个女人的心这么狠，竟敢杀人，还要活埋。今天终于认清了女人的本性，真他妈的是山上的老虎饿慌了，吃人啊！"

黑黑的夜路上，张铁嘴背着刘月生就像那天井喷来袭时逃难一样径直朝镇上走。他走走歇歇，对刘月生说："你从小就想学艺，干爹这次就帮你一回。先到我的铁匠铺躲藏两天，等身体有好转，就坐车到广东去找李冬梅。"

尾声

刘月生趴在张铁嘴的背上，有气无力，吞吞吐吐回答说："谢谢干爹了！"

天快亮了，张铁嘴将刘月生背进铁匠铺。

刘月生使足全身力气挣脱那浸透着泥水粘连在肉体上的寿衣。当脱至左臂时，一个胀鼓鼓的衣兜硬物刮了一下他的伤口，痛得他钻心。他右手一拍，感觉到里面有东西。随即，将头偏过去，用牙齿咬开一个口子，"嚓"的一声撕开被缝得严严实实的口袋。

刘月生惊奇地发现，口袋里有一包东西用布口袋装着，里面又套了一个塑料口袋，塑料袋里还套了一个纸口袋。他小心翼翼地一层一层剥开，吃惊地发现里面中间夹着一张崭新的身份证。身份证的头像正是自己的照片，名字为刘日生。

刘月生喜极而泣，说："天意呀，天意！有了身份证，走遍天下都不用愁是黑人黑户了。要是有点路费，就可以圆外出打工的梦了！"

过了一天，张铁嘴拿着一大卷纱布和一副夹板，对刘月生说："来来来，我帮你把左脚绑扎起来，你忍耐几天的痛，你走起路来就不像瘸子了。因为这几天公安查得严，说活要见人，死要见尸。我想送你去广东，你去找李冬梅，去自己找碗饭吃，远离是非之地。要是路上有人问话的话，你就装结巴，说话像你爹一样。"

刘月生明白张铁嘴的良苦用心，直顾点头。

张铁嘴给了刘月生一扎钱，急急忙忙交代说："赶快坐车去达县，从那里坐火车去广东。"

天麻麻亮，刘月生忍着绑腿拉直大腿生硬的剧痛，直起腰坐在车上。这时，刘月生向窗外的张铁嘴挥了挥手告别，心想应给妈妈打个电话，正好客车上播放着过年的怀念音乐《给妈妈打个电话》：

给妈妈打个电话
拿起听筒
拨完号码
妈妈的千言万语停不下
汇成一句心里话
过年回不来了
通个电话就温暖到家

过年了
想起妈妈说过的话
她曾经心乱如麻
十月怀胎的日子
尝尽酸甜苦辣
教我行走教我说话
跌倒叫我把痛吞下
一辈子记住妈妈的话
爱是遥远的牵挂

尾声

给妈妈打个电话
按下免提
拨完号码
妈妈的千言万语停不下
汇成一句倾心话
如果回不来了
通个电话也幸福到家

再见了
想起妈妈叮嘱的话
她深深爱着老家
天塌时想做女娲
地陷了也不喧哗
还有一句铿锵的话
不再山海筑篱笆
一辈子记住妈妈的话
自强才能说硬话

在场的人都像听一段"干爹救死儿"的天方夜谭，
叽叽喳喳议论不休。

审判长宣布："因刚刚发现新的重大线索，需要进
一步调查核实，现在休庭！"

身陷囹圄的唐秋香，成天嘴里不停地说两个字：

"解脱，解脱！"

她万万没想到的是，村长李平安这天会去探监，出现在她面前。

铁窗被几根钢筋隔离着。李平安老远便叫了她一声："唐伯母。"

唐秋香一听声音，再细细一看，喊她的人是李平安，顿时眼泪水哗哗涌出流下，低头说："报告政府，唐秋香对不起村长大人！"

李平安上前去开导说："我怎么都没想到你老了，心就变了！都怪我们工作不细，没做好。唉，我们当干部的也有责任啦！"

唐秋香用一种期冀的眼神看着李平安，就像看见救星来了一样，凑近他的耳朵说："月生不是我杀的，不是我杀的！"

不久，李冬梅带着律师到监狱向唐秋香了解案件和诉求。唐秋香也凑近李冬梅的耳朵，轻声地说："闺女，月生不是我毒死的，月生不是我毒死的啊！"

"刘月生是自杀，还是他杀？"这桩"他杀"案件，一时间在当地议论开来，也引出了司法机关的多处疑点。于是，法院决定再次审理案件。

刘月生是不是唐秋香杀的，只有刘月生自己才清楚。几年来，他远离家乡的是非之地，专注于自己创业，无暇顾及家里的事。这是一种自私和死要面子的表现。心静时，他开始偷偷地忏悔，忏悔只为自己生存，

尾声

忏悔自己只为事业着想，忏悔自己只为面子而活……他"忏悔人生"，责备所有的一切都是来源于人的自私，是自己的自私才让老母遭受如此之罪。他决定想尽一切办法，不让老母再担责受罪了。

那天晚上，刘月生将心里的一切知心话和埋藏多年的秘密，讲给李冬梅听，要她出面去申请重审老母的案子。

刘月生说，小时候知道自己被毒蜂蜇了，久治不愈，而且伤及神经，行动不便，全身上下腐烂如蜂巢，就产生过不想活的念头。是母亲含辛茹苦，四处求医问药，东奔西跑，寻秘方，找偏方，才使病情好转，保住小命。困难时期和"文革"中，缺粮缺米缺钱花，母亲受尽生活和政治运动的折磨，隔壁邻居欺负她，也欺负他无能上学读书。他当时就想，这是为什么呀，为什么？人与人为什么就不平等呢？几十年来，他的身体始终未能痊愈，既不能自食其力，也不能赡养父母。特别是井喷灾难发生后，他虽然躲藏于地窖苟且偷身，哪想到给老人带来的痛苦更多更大。所以，就想不如死了，给老人留点赔偿金，让他们过几天好日子。没料到，吃毒药也毒不死人，这老天都不收呀！……

经过半生的病痛折磨，经过井喷的洗礼，经过艰苦的打拼，刘月生终于明白人活着的意义，他用诗一样的语言对李冬梅表达：

活下来真好，不要在意钱多钱少，井喷的毒气，分不清乞丐和富豪；

活下来真好，不要计较权力大小，井喷的毒气不认识你头顶有几尺官帽；

活下来真好，不要为身外之物和世态炎凉烦恼，井喷的毒气埋葬了多少豪情壮志、俗事纷扰；

活下来真好，井喷过后，只有幸存的生命，才能演绎爱的伟大，情的崇高！

刘月生的这一番话，被李冬梅一条条深深刻进脑子里，她沉思片刻说："其实，你的活着就是你母亲无罪最有力的证据，那你为什么不回去？"

刘月生心有余悸地吼咐说："你千万不能说我还活着，这样他们会害怕，也不会相信的。见了他们，只能说是政府在帮助他们，你要晓得，他们一辈子都只知道听政府的话，只晓得政府好！等到时机成熟后，我再出面也不迟。"

李冬梅怀疑地问："你这不是更大的自私么，宁愿自己的母亲坐牢受罪，你在外安然自在？"

刘月生摇摇头："哎呀，你不懂我的苦！"

他们吵了起来，而且吵得很凶。

李冬梅气愤地说："老实告诉你，我根本没去广州读博士，我回老家去一直在跟踪了解你们一家的故事。时至今日，你还执迷不悟，如果你不回去作证救母，我的法律证据就无从谈起，并且我还犯有窝藏罪，落得个鸡蛋碰石头，偷鸡不成蚀把米的结果！你知道吗？"

尾声

刘月生也气愤地跺了跺脚，疼痛使他"哎哟"大叫一声，说："原来你一直跟踪我噻，救我、帮我，只是完成你的一篇实习论文，好阴险啊！"

……

李冬梅已经很清楚明白，证明唐秋香无罪的最有力的证据就是活着的刘月生。刘月生眼下又死要面子不顾爹妈，不回家。

李冬梅决心死拉硬拽都要将刘月生说服，带回老家出庭做证。

李冬梅强硬地说："你不去算啦，我回去自首，我明明知道你活着，还将你隐藏起来，窝藏罪名成立！"

刘月生也急了，连连说："不行的，不行的，我听你的，回去就是了！"

他们正争吵着，李冬梅的手机"叮"的一声响了，信息显示：人民法院公告：法院决定公开重新审理犯罪嫌疑人唐秋香杀人一案，请你务必出庭做证。

李冬梅吃惊地："明天？明天！"

刘月生睁大双眼望着李冬梅："我们来得及吗？"

"走！我们去机场！"李冬梅拉起刘月生的手就跑。

他们一出门，始料未及的是，狂风大作，暴雨如注，到机场一看，进出航班全部延误。

怎么办？李冬梅想，好不容易说服了刘月生出庭做证，要是赶不到，岂不功夫白费，新的判决是轻是重，难以预料。她焦急地说："我们去看看有火车可乘没有！"

风雨无阻。李冬梅和刘月生搭上一列开往长沙的火车。

半夜，他们马不停蹄租汽车从长沙赶往C城。

汽车翻山越岭，风驰电掣，追赶着时间。当汽车驶入C城地界那一刻，天已经亮了。

时间不等人，当他们赶到的时候，法庭的开庭时间已经过半了。

二

法庭背景墙上挂着中华人民共和国国徽，审判席两边分别是辩护人席、公诉人席。

开庭了。公诉人宣读了起诉书。

唐秋香穿着号服，戴着手铐，站在被告席上，她一边听，一边环顾两边看，想不到有这么多人过来旁听，她后悔地向法官陈述："报告政府，月生不是我毒死的，我埋他，只是想保存他有个完尸。冤枉啊，冤枉！"

刘为林一听气愤得吞吞吐吐："你冤……冤枉个锤子，老子一辈子相信你，想不到你会杀……杀我儿子！法……法……法官大人……"

审判长说："肃静、肃静！现在重申法庭纪律，旁听人员不得喧哗。凡是知道案件情况的人，都有做证的义务。证人应当向法庭申请，作为证人出庭做证。"

接着审判长说："请证人李平安出庭。"

问："李平安，你有新的证言吗？"

李平安回答："我回忆了很久，井喷那天晚上，我仿佛看见是有两个人朝刘家院子去过。"

一是听见敲门声：

"砰砰砰——"张铁嘴紧敲几下门边，没有回应。"月生，月生，我是你干爹，你在哪里呀？"

屋内没有响动。

"月生呀，月生！你听见没有？"张铁嘴喊了几声，接着"砰砰砰"地使劲敲，还是没有回应。

二是看见一辆小轿车飞快地开进山那边……

审判长："李平安说这个情况，只是一个线索。"

审判长："下面请李医生出庭做证。"

审判长："李医生，在法庭上要报真实姓名，你的真实姓名是……？"

李医生抬头望着审判长回答："我的真实姓名就叫李医生。小时候我母亲有病，久治不愈，父亲要我长大后当一名能治病的医生，就给我取个名字叫李医生。后来我成了一名名副其实的李医生。"

"啊啊啊。"大家一下子将眼光投向李医生。

审判长问："李医生，你有新的证言吗？"

李医生答："我记得那天我女儿冬梅给我打过电话，说她在火车上看见一个像刘月生的人，我不相信，说她看错人了！现在张铁嘴这么一说，看来是真的了。可是，这人在哪儿呢？"

审判长："请张铁嘴出庭做证。"

审判长问："张铁嘴，你有新的证言吗？"

张铁嘴环顾一眼四周，轻声地回答："除非刘月生没找到李冬梅，又死在外面了不成？怪了，怪了！"

审判长问："刘月生走后，一直没跟你联系过吗？"

张铁嘴摇摇头回答："就是没有呀！"

审判长："你说你从坟堆里拖出刘月生，并且把他放走了，其目的是为了什么？"

张铁嘴吞吞吐吐地说："不……不……不为别的，只是……"

唐秋香听张铁嘴要说过去的事，赶忙插话说："报告法官：月生穿了我的寿衣，我还在衣服里藏了他的身份证，你们说有人捡到棺材板，不见尸体，是不是人家把尸体给埋了呢？张铁嘴肯定是来逗我开心的，刘月生活着的话，他啷个不回来见我们呢，我都是要死的人了。"

审判长："这个问题，法庭会做进一步调查核实。"

尾声

251

　　唐秋香见自辩无望，呆滞地望着法官，然后急匆匆地喊："法官大人，我还有话要说，我只能跟你一个人说！"

　　审判长与左右的辩护人和公诉人交谈了几句，随即宣布："现在休庭20分钟。"

　　唐秋香被押解到一间小屋内。

　　唐秋香红着脸说："这事说出来有点脏人。"

　　审判长说："你不说，我们无法了解事件真相，不好判案。"

　　唐秋香这才如释重负，向法官谈起了刘月生的来龙去脉。

　　那是很多年前初春的一个上午，刘家院子冬去春回，喜鹊飞来，不时还"喳喳喳"地叫着。

　　唐秋香关了大门，在火塘边换衣服。她脸朝外，背朝内，先脱去结婚时穿过的已经补满补丁的单布衣服，露出上身。接着弯腰去穿上那条又宽又大的裤子。从后面看，像一条长裙子，又像哪家贵族小姐的晚礼服，拖在地上，中间还有一根草绳做的腰带，装饰成一个黄色的金腰链。她不停地扯动裤头，飘飘然似仙女落地，宽大的裤腰翻卷过来，又像黑天鹅的羽翼在飘动。她动动脚，就像跳着舞；她动动手，又像孔雀开屏。自我欣赏，如痴如醉。

突然门"吱"的一声响，一个人推门而入。

唐秋香被吓了一跳，转头看是张铁嘴，立刻用双手捂住胸部。两人的双眼对视着，十几秒都不眨眼皮。无语中，张铁嘴心虚胆怯了，转身要逃。唐秋香微微动了一下头，示意他关门。

张铁嘴这下才松了口气，回头去关门，还用木杠闩牢。唐秋香还是有些不放心地说："我害羞，大白天的。"

张铁嘴走上前去，看着唐秋香露着背，那皮肤白白的，好像馒头加了增白剂，肩胛在不薄不厚的细白嫩肉中显得有轮有廓，往下显露着半边凸起的胸部，极富立体感。

张铁嘴禁不住扑了过去，一把将唐秋香拉转身来，方才看清她的双乳直直地挺着，血管中流动的血液都清晰可见，双峰之上仿佛镶嵌着两颗熟透了的樱桃，红红的带点紫色。

两人挨身接触，唐秋香腰间尚未拴牢的草绳自然松开，裤子掉落于地，说："我晓得你想姐姐，姐姐也想过你呀！"

唐秋香既高兴又害羞，紧闭的双眼突然睁开，亲昵地说："你这个砍脑壳的，大白天做坏事，像个疯子！"

突然，"汪汪汪"几声狗叫，有人来了。老远就听见刘为林在喊："秋香，都快吃上午饭了，你……

尾声

你……你还没出门啦？"

唐秋香放开嗓子回答："我正在换衣服，哈哈就走了！"她一边说一边示意张铁嘴从后门悄悄逃离。

那天，唐秋香兴奋得为所欲为，她炒肉，打酒，办了一桌菜，像过年一样招待刘为林。

刘为林喝酒吃肉，高兴得不知天上人间。他自豪地说："格……格老子，这回再也没有人敢说我是软蛋了！"

一个月后，刘为林逢人便说："秋香怀起了！"

20分钟后，法庭重新开庭。

审判长说："现在还有出庭做证的吗？请柳娃出庭做证。"

柳娃气鼓食胀地向法庭举证说："唐秋香杀子的事实早就调查清楚，盖棺定论。今天明明是来翻案，我看是潘金莲给武松敬酒——别有用心。唐秋香毒杀了病危的儿子，法庭要判她死刑，没有立即执行，就网开一面了，我看她是不见棺材不落泪，不撞南墙不回头啊！"

审判长敲了一下锤："不许使用攻击性语言，要拿出证据！"

柳娃理直气壮地说："证据当然有，前几天在河沙坝发现了刘月生的尸骨，还是一只手哦！"

柳娃紧接着又肯定地说："唐秋香杀人的工具样样

都在，死定了。不判她个死罪才怪！要是判不了死刑，我把名字倒起写！"

审判长看了柳娃一眼，示意放幻灯片。然后说："你说的这个证据，经检验确认：那尸骨是一只猴子的手掌。"

庭内一阵虚惊，禁不住哄堂大笑。

柳娃顿时傻了眼，还没有坐下，万万想不到他年迈的母亲马尚凤也到场来听庭审。她站起来说："法官，我有话要说。"

审判长一看是个老太，说："请你先去登记，再出庭做证。"

马尚凤被法警带出庭去不久后，来到证人席。她第一次当着这么多人，当着自己的儿子，出庭做证说话，手有些颤抖，脚也有些颤抖，嘴更有些颤抖。她说："我是柳成奇的媳妇，柳娃的妈。记得我家搬进刘家院子后没几年我生了柳娃，那时家里穷，他老汉好强，自以为是，宁愿饿死，也不允许出去借钱借粮养娃儿。我生了娃儿缺奶水，正好看见月生被蜂子蜇的那天，秋香的奶水多，就打主意向她借奶水来喂柳娃。可是，那时我们两家大人关系不好，成天吵架，因为唐、柳两家大人有解不开的疙瘩。柳娃又饿得哇哇叫唤。那天，我就厚着脸皮抱着柳娃去向秋香说了要求，没想到秋香大姐慷慨救急，连续喂了好几天柳娃的奶，使他得救了。不料，这件事被柳成奇看见了，骂我养家猫吃野食，要打

尾声

死我。没想到，秋香大姐心肠好，只要听到柳娃哭叫，就悄悄把奶水挤到碗里，从后墙的窗口将奶水偷偷递给我，一直将柳娃喂养到断奶。"

全场鸦雀无声。马尚凤继续说："你们说说，这样的好人，她会毒死儿子吗？她把刘月生养活到二十几岁，她会拿药毒死他吗？在座各位，大都为人父母，你们想想，要是你们的儿子，你们下得了手吗？"

马尚凤接着把话锋一转，大声指向柳娃："柳娃呀柳娃，你不知道呀，为了养活你，你爹去偷高粱米充饥，也发不出我的奶水。是秋香大姐瞒着刘为林，一碗一碗偷偷将自己的奶水来喂你的呀，没有她的奶水，哪有你这条小命。如今，人家遭难，你还要落井下石。不该呀，不该！你要知道，她是你的奶妈！"

柳娃听到此，想走过来去阻止他母亲。

马尚凤更是滔滔不绝："常言说，羊有跪乳之恩，鸦有反哺之义。你知恩不报，还要变本加厉整人害人。你以为你当个协勤，在县上混了个脸熟，有点人际关系，就耍点阴招数来整人，你成得了大器，做得了大事吗？你们那天说些整人的话，我听见了，劝你们不要这样做，偏不听，今天还跑到法庭来胡说一通。你是不是我的儿嘛？"

柳娃听着母亲的训话，众人的眼光盯着他不移，他自己却把头昂起来对母亲说："妈，唐秋香从骨子里就不是好人，又偷又盗又杀人，总和新社会作对。历史上唐家院子本来姓唐，他们为了隐瞒家产，偏偏改姓刘，叫刘家院子；如今借井喷灾难之机，又打起政府的主意，杀人讨赔偿，还故弄玄虚，抛尸野外，毁尸灭迹。唐家与我柳家有杀父之仇哇！旧社会他家是富农，欺负我们穷人，新社会把我们撵出刘家大院，你还要她的奶水来喂我，这是我柳家的耻辱，玷污了我柳家的家风，更是我柳娃的羞耻！井喷来了，他们坐车走了让我父亲去死，这是复仇呀！今天，她杀了人，不认罪，你还要出面做证，你这是包庇坏人啦，我的妈！"

"滚！你这个犟拐拐——死不认错！"马尚凤大吼一声，一屁股坐回到凳子上。

此时，法庭内人们交头接耳，议论纷纭，说："不重审还好，死人的骨头又是假的，搞不好还重判，我看她是茅厕坎上打扑爬——离屎（死）不远啰。"

张铁嘴一听要判执行死刑，心急如焚。当审判长重新登台时，他大叫起来："审判长，刘月生真的不是唐秋香杀死的，刘月生真的还活着，他是我放走的呀！"

审判长听后敲了敲锤："肃静！肃静！"接着宣布，"今天的审理举证结束。现在请公诉人发表意见。"

公诉人说："刘月生到底是死是活，我们根据李冬梅提供的线索，在全国查到了二百五十多个同名同姓，同音同字的刘月生，重点在广东一一比对，没有找到真正的刘月生。所以，唐秋香杀死刘月生的事实是成立的。事实成立，罪名就成立。我们请求法庭在量刑时予以考虑。"

辩护人说："活要见人，死要见尸，才能判断唐秋香是不是杀了人。从目前所有证人的举证来看，众说不一，前后矛盾。我们认为，人命关天，应该找到确切证据。找到证据的线索，首先是李冬梅出庭做证，看来她是目前唯一知道刘月生真相的证人。请求法庭在李冬梅没出庭做证之前，暂缓判案。"

这时，法警向审判长递上一张纸条。

审判长说："现在请李冬梅出庭做证。"

庭内顿时惊讶了。

李冬梅来到证人席，大声地说："报告审判长，我今天把本案的活证据带来了！"

审判长大声地喊："请刘日生出庭做证！"

只见一个男人穿西装打领带，戴着墨镜，带着疲惫不堪的神情在法警的引领下走到证人席，他大声地说："审判长，我要做证，我是刘月生！"

审判长："你不是刘日生吗，怎么叫刘月生？"

全场顿时鸦雀无声，紧接着唏嘘一片，吃惊地问："你是刘月生？你还活着？真的吗？假的哟！"

刘月生面朝唐秋香，扑通一声跪倒："妈，我是刘月生！"

唐秋香一听"刘月生"三个字，吓得冒出一身虚汗，根本不敢相认，人发昏，眼睛也花了。

唐秋香看着看着大吃一惊，不敢看他。眼光顿时变得凶恶起来，问："你是哪个刘月生？我不认识你！"

刘月生想伸手去扶起唐秋香："妈，我真的是刘月生！"

唐秋香半站起即又"咚"地坐下去，半点都不相信地："你到底是人还是鬼？！"

刘月生伸长脖子看着唐秋香："妈，我不是鬼，我真是月生！"

唐秋香还是不相信，并且有些糊涂："你不是死了么，你怎么……你到底是日生，还是月生？"

刘月生见母亲始终不相信自己，慢慢将上衣脱下，露出手臂、肚皮，以及脚杆上密密麻麻的伤疤。

"那你怎么走路不再硬支夺棒了呢？"

"妈，这是奇迹，说来话长。"

唐秋香慢慢镇静下来，定神细看，也伸长脖子定睛细看，把双手伸举起，十指颤抖不停地想去摸摸，然后心痛地问："你真是月生呀，还疼吗？"

刘月生说："不疼。每当疼的时候，我想起碗底那块肉好吃，想起那个红苕种给你带来的灾难，想起那袋米给你惹来的麻烦……"

审判长示意法警给唐秋香打开审讯椅，问："刘月生，你为什么谎报名字出庭做证？"

刘月生回答说："我的身份证上的名字一直就叫刘

日生，所以……"

审判长："那你记不记得是谁给你吃的耗子药？"

刘月生说："那天母亲喂我吃了青霉素，身体上的许多疼痛似乎减轻了，可此时我的内心深处的病症，什么药都难以治愈了。我想自己一生给父母带来的麻烦，甚至痛苦和灾难，想到自己早已被社会遗弃，没有生存的环境和机会，想到自己无能报答和赡养两个老人，想到灾难中虽然活着，实如僵尸，不如死了，死了还可以给父母留下赔偿金……我想着想着，意志猛然坚定起来，自己小时候就有过不想活了的闪念，对，要学会死亡！安乐地死去！

"我从痛苦中挣扎着醒来，见父母都没在身边的瞬间，侧着身子，一只手紧挂拐棍，一只手伸长手臂，在药柜的底层深处找到了曾经收藏着的那瓶毒鼠强，用牙咬破铝皮，颤颤地，抖抖地，把粉粉倒进自己未喝完的青霉素药水碗里。此刻，我睁大眼睛，看看门外昏暗的天空，看看近处火塘里微弱的火星，感觉到浑身酸痛，心里像绞肉机在绞一样地痛，我咬了一下牙，端起那碗药水，眼睛一闭，两口就吞下肚里，来个'偷饮自尽'。然后，使足全身力气，'啪'的一声将碗摔碎在地上。瞬间，我的胃里顿时翻江倒海地掀起一阵阵海啸般的疯狂，肝在撕裂，肺在爆炸，天地在摇晃，房子在战抖。我大声地喊：'我要喝水，我要喝水！'……"

众人听到此时此刻，仿佛看到了这桩死亡故事的离奇真相。

刘为林站起来，看着儿子刘月生，一句话都说不出来。他摇摇头大声地喊："法官，我说……说实话。我也觉得月生不是他妈毒死的。我记得月生吃的那耗子药还是我在乡场上买的，因为月生经常长疮，他妈说怕耗子跟他染鼠疫，是拿来闹耗子的，我记不得放到哪里去了，怎么找都没找……找……找到。"

审判长问："前几次在法庭上，你为什么不如实说？"

刘为林回答说："我害怕，不敢说。再说，我老……老了，实在是记不清楚。"

审判长又问："你现在说的是事实？"

刘为林说："当然是事实，我想了好久，终于记起了。我还在想，是不是月生他自己想吃药，或者把药吃错了啊。他妈……妈……妈哪个会拿药毒死他嘛？"

在场的人都像听一段传奇的"偷情"和"偷奶救娃"的故事，又像听了一段"干爹救死儿"的天方夜谭。叽叽喳喳议论起来，直到审判长宣布："休庭！"

柳娃见状，摇摇头，悄悄从凳子上起身，侧边侧边地溜出法庭。

刘为林也傻呆呆地不好意思地独自走出法庭。

尾
声

三

唐秋香被释放回家。回家的路虽然只有几十里，却漫长得像走了好几年。

夕阳下的琴泽河，依然流淌着。余晖散落，波光潋滟。一群野鸭在水中嘎嘎地叫唤，追逐嬉戏。河岸的翠竹在风中摇曳，发出沙沙的声音。沿岸边，错落不齐的青瓦白墙房子，大都是新建的。炊烟起，饭菜香味溢出，飘散在清新的晚风中。

唐秋香走到镇东头，听见张铁嘴的铁匠铺发出"咚咚"的汽锤声，不时传出歌声：

叮叮当，扯风箱，
风箱扯，铁钉铁。
张打铁、李钉铁，
打把剪刀送姐姐。
我留姐姐歇，姐不歇，
她说我只顾打毛铁。
毛铁打了三斤半，
我的神经就错乱，
好像是对姐姐的思念！

听见歌声，唐秋香敢肯定，张铁嘴的业务扩大了。
她不好意思去打扰他，便匆匆穿过小镇，往山上爬，各自走回家的路。

不远处，山脚下导致井喷事故灾难的那口井，井架是新竖起来的。井架周围，层层梯田披着绿色，错落间杂着青砖泥墙瓦房。瓦房周围散落着许多大大小小的新坟。坟头上的茅草有的已有一尺多长，葱郁茂密。

当她走过一座新坟时，突然一个小女孩从草丛里钻了出来，吓了她一跳。

唐秋香问："你是哪家小孩？"

那小孩大约十岁，身上穿着花裙子。她看着面前的这位白发苍苍的老人，肯定地回答："我没见过你，你是不是传说中的白毛女哟？"

唐秋香说："我是上面刘家的，刚回来。"

小女孩"啊"了一声说："这是我爷爷的坟，我来跟他送晚饭。"

唐秋香想起了："你是柳家的孙女小双。对了，你爷爷在世时，经常来村口喊你的名字，叫你回家吃饭。"

小姑娘深情的眼睛转动着，湿润了，因为此时她更思念爷爷。

唐秋香回到久别的刘家院子，眼前是一片萧条的景象。快七十岁的刘为林背更驼，腰更弯，头发更白。他仍然独坐在门前的那个石凳上发愣。要不是她出声，还真难辨认出他是石头还是活人。

唐秋香说："我回来了。"

尾
声

刘为林将头往前伸了好久，才断定地说："秋……秋香？我天天在这里等你呀！我……我对不住你，冤枉你啦！"

唐秋香深有感触地说："我知道了。从房前那一路干净的青石板上就晓得啦。晓得你用心良苦。"

刘为林站起身来，再定睛看看唐秋香，说："我三五个月就去扫一次路，拔……拔……拔一次路边的草。等你呀，等你呀。怕你回来被露水打湿了脚。"

唐秋香上前扶住刘为林，说："谢了啊，谢了啊。"

唐秋香猛然从石凳后面的墙壁上发现那件已经烂得只剩几根巾巾的蓑衣和只有几根竹梗的斗笠，突然明白几十年前在乡场上跟踪她的人无疑是他，也顿时明白了他为什么老坐在这个冷冰冰石头凳子上的原因。

刘为林看出了唐秋香的心事，上前一步拉着她的手说："走……走，我带你去竹林里。"

刘家院子门前一片茂盛的竹林中，又一座新坟，没有墓碑，也没有碑文。青草绿，绿得与翠竹交相辉映。

刘为林说："我看到刘月生死了，尸体被水冲走没找到，我也来这里给他埋了个空坟。"

唐秋香扶在坟头上，轻轻摸摸青草，一时没有言语。

见唐秋香回来了，刘为林非常激动，话多起来，说："这辈子，我服……服了。虽然赢在有个家，但输在情感上。"

唐秋香不知所云，问："都快入土的人了，还有什么输赢？"

刘为林说："我这辈子，最大的毛病就是心……心胸狭隘，把你当作私……私有财产！"

唐秋香明白了他的意思："说些啥子嘛，几十年都熬出来了，还说那些？"

刘为林说："其实，我早就看出来了，年轻时很多人都喜欢你，想方设法追求你，他们有阶级成分好的，长得高高……大大的，又有房子又有钱的，生活条件都比我好。我年纪又大，其实是不……不……不配你的。"

唐秋香说："你胡说，胡说些啥子嘛。"

刘为林说："我没有胡说，这是我憋了几十年的心里话。要是我心……心胸宽广一点的话，哪里会弄成今天这个样子。唐家完了，刘家也完……完啰！"

唐秋香说："我也心地不宽呀，总想自己喜欢的男人是自己的，自己的子女是自己生的，限制了你们的许多自由，所以才……唉……"她哽咽了。

刘为林说："今天当着两个儿子的面，我一定要答……答应你，答应你想做自己想做的事，了却你……你一生的心愿！"

唐秋香猛然大悟，刘为林一辈子少言寡语的怨恨根蒂原来在此，并在这一刻彻底释放了出来！

尾声

BLOWOUT
井喷

说着说着，两个都有白发的老人"咿咿哇哇"抽泣着，唐秋香扑在刘月生的空坟堆上，刘为林扑在刘日生的空坟堆上，哭成了泪人。

两个老人这一哭，哭到了伤心处，哭出了他们积压在心头几十年的郁闷，哭出了他们一生中的哀怨，哭出了他们一生中的悲愤！

尤其是刘为林，他释放了沉积多年的泪水后，特别的兴奋，回到家门口，将挂在门口石凳子后墙壁上的蓑衣斗笠的光架架取下，点上一把火，付之一炬。他的举动，必然是想忘掉过去的猜忌，忘掉一生的苦难，忘掉一世的记忆。进屋后，他对唐秋香也特别殷勤，仿佛一夜之间回到从前，回到了青春岁月。

刘为林的异动，令唐秋香感到诧异，不知是她回来了的原因，还是另有隐情和征兆。

果不出唐秋香第六感官所料，刘为林在家中翻箱倒柜，搜出两瓶白酒，刘为林说："想不到刘月生还活着，我高兴呀！赶快去炒两个菜，要庆贺庆贺，喝……喝……喝两杯。"

一家人的酒席，两个人的饭局，照样温馨，照样热烈。一碟花生米，一盘炒鸡蛋，一锅三鲜汤，冒着热气，香味扑鼻。三杯酒下肚，刘为林开始说酒话，他对唐秋香说："哎呀，你不晓得，我昨晚做了个梦，梦见儿子日……日……日生也长大了，发财啰，他敲锣打鼓来接我，说是要接我出国去，过天堂日子。"

唐秋香端了刘为林的酒杯，收了他的酒瓶，给他碗里夹了些菜，说："少喝酒，多吃菜。身体好，雄得起，就是天堂日子！"

　　刘为林见唐秋香收了他的酒瓶，死活不干，一把抢了过来犟着说："哎呀，今天高兴，让我多喝两口嘛！我见了儿子，你不晓得，他长得好帅气，比我年轻时的样子好……好……好看多了！"

　　"胡说，胡说，明明是你昨天到他坟上哭了。找个理由来喝酒，少喝点！"唐秋香一再相劝。

　　不知刘为林哪里来的力量，抱起酒瓶"咕噜咕噜"地往喉咙里灌。边喝边说："秋香，你打……打……打电话，叫张铁嘴来，我陪他也喝两杯，高兴高兴！"

　　没想到，刘为林这一高兴就过了头。他从板凳上昏昏迷迷地梭到了地上。

　　唐秋香一看，心里提醒自己说："遭了，他是不是心脏病发了？"

　　只见刘为林脸红筋涨，心跳加速一阵又缓慢下来，呼吸时急时停。唐秋香立即给张铁嘴打电话，要他马上赶来。

　　张铁嘴马不停蹄来到刘家院子时，刘为林已经不省人事。他摸摸他的胸口，判断说："心脏病发啰，赶快叫医生。"

　　刘为林仿佛听见张铁嘴的声音，伸手在周围乱摸。

　　唐秋香坐在旁边，示意张铁嘴将手伸过去。

尾声

刘为林慢腾腾地说："兄……弟，你来……了。我……不……行了，要走……啰！"

张铁嘴看着刘为林微微颤动的嘴巴，有气无力的双手一只在他手里，一只在唐秋香手里，便安慰地说："打胡乱说些啥子嘛，你想多了，想多啦！"

"我去跟你倒点水，喝了就好了。"张铁嘴一边松手，一边起身。

谁知，张铁嘴刚一起身，刘为林便喘了几口粗气，接着停止了呼吸。

三天后，刘为林的葬礼在刘家院子前的竹林深处举行。刘月生和李冬梅也赶了回来，李平安带领全村老少都来送葬，他致了悼词。张铁嘴依旧干老本行，敲锣。这回又是领头敲，因为来了好几套锣鼓。

唐秋香趴在坟前，哭得死去活来。

"我的夫哇，你丢下我就走了！

"我对不住你矣，我的夫啊。你的儿不是你的儿呐，你的儿连人都没变成啦！

"我去坐牢嘘，为的是赎罪唉！我的夫啊。你一辈子苦哇、闷哩、愁哇，活得不开心矣！

"我的夫矣。你为了我，等了我几年了，你弯腰驼背把路边的草拔了一茬又一茬，等我回来呀，我的夫矣！

"我一回来，你嘟个就走了啊。我的夫哇，你的命好苦啊，我的夫唉！"

……

张铁嘴领头的锣鼓声随唐秋香的哭声变换音量，抑扬顿挫，时而激扬，时而缓响。其声似话，其音如语，其旋似曲，其律如歌：

动听，动听，动动听……
动动听听，动动听……
动听动听，动听听……

唐秋香的哭声把送葬的人感动得潸然泪下。张铁嘴领头的锣鼓却越敲越不和谐，乱了阵脚，乱了套路。因为，张铁嘴见唐秋香久哭不起，伤心至极，放下锣鼓，上前去扶起她，劝道："不哭了，不哭了。人都走啦！"

人生苦旅。唐秋香好不容易熬出头回家，却没想到回来就为老伴送葬。她知道，万物都有裂缝，那是阳光照进来的地方。可是，昨天的太阳，已经晒不干今天的衣裳了。什么相亲相爱，什么白头偕老，什么儿孙满堂，什么福如东海寿比南山，都是人间的美好愿望罢了。一切美好，得重新开始创造，从自己开始努力！

她等待着美好的明天，因为她从李冬梅的眼神里发现了刘月生的光芒！

尾声

四

安葬完刘为林，刘家院子丧礼就结束了。

唐秋香把刘月生、张铁嘴叫到堂屋，深情地说："老刘也走了，我们今天开个家庭会，把心里话说说。"

唐秋香对大家说："月生，你想起那块肉好吃，想起那碗饭好吃，那就是你铁嘴爸爸靠打铁卖力气，省吃俭用专门跟你送来的！"刘月生睁大眼睛定定地看着张铁嘴，感到十分惊诧。

唐秋香接着说："月生，快来叫你爸一声，他是你的亲爹啊。正南齐北的亲爹啊！你记得肉好吃，饭好吃，没有他就没有你的今天，没有我们一家呀！"

刘月生听到此时，犹如大梦初醒，方才彻底搞清了自己这一生的来龙去脉，一把抱住唐秋香哭了起来。

唐秋香用手抹抹刘月生双眼的泪水，亲切地说："儿啊，快去叫一声你爸。"

刘月生转身，"咚"的一声跪倒在张铁嘴脚下，前额挨着地，大叫一声："爸，爸，你为什么不早说呀？"

张铁嘴第一次公开摸摸他的脸，擦擦他脸上的泪水："月生，你命苦哇！要好好孝敬你妈呀。"

刘月生诚恳地说："好的，一定一定。"心想，难怪小时候就发现张铁嘴对他和他妈很好。那次在铁匠铺，唐秋香的一举一动，一言一行，被刘月生看在眼里，装进心里。他不知两个大人相识为何，相交为何，相融为何，还非常好奇那个铁匠铺，看那火的威力，把钢铁烧红，甚至熔化。一坨生硬的铁，在熔炉中冶炼后，经过人为的拍打，便成了工具，成为一件艺术品。烟雾中，他的脑子里叠影出铁环、弯刀、剪刀、锤子、锄头和犁耙……他幼小的心灵想，今后一定有求于张铁匠。

两双眼睛聚集在刘月生的身上。他摇了摇头，非常伤心地说："爸，妈，我对不起你们。我小时候就自私，想方设法阻止你们再生弟弟妹妹，怕他们争夺了你们对我的爱，我听说你们要生弟弟时，就不想活了，用自杀的想法来要挟过你们。后悔呀，要是我多有几个兄弟姐妹，怎么会给你们带来那么多的不幸，那么多的痛苦，那么多的灾难？我死里逃生离开家乡，一天偶然从报纸上看到消息说，母亲想毒死我，我就有怀恨你的心，我千方百计搜罗井喷的报道，把各种消息剪辑成了一大本书。有时我又反过来想，那药是我自己吃的，怪罪和冤枉了母亲。思来想去，一年又一年，始终没找到正确的答案。我创业发家以后，总有虚荣心左右灵魂，怕别人看不起我有病疾，看不起我来自农村，看不起我没有文化，还有老父老母，看不起我几十岁了还没找到老婆……虚荣心一直压迫着我，我没有勇气和胆量公开为母亲坦白心扉。让你受苦受难这么多年！我的自私和

尾声

271

虚荣伴随我苟且地活着，让你还背着个罪人的名分到现在！对不起妈呀，对不起！"

刘月生哭诉着，跪在唐秋香面前，"咚咚咚"连叩三个响头。

张铁嘴将刘月生扶起来，让他在唐秋香面前坐下。

唐秋香伸手抹了一把刘月生脸上的泪水，说："算了，算啦！妈也不计较了，都是为了你呀！"

唐秋香抓住刘月生的手，始终不愿放开，心疼地问："月生，你这些年是怎么过来的？"

刘月生说："那天，我吃了药，就睡着了。"

"后来？"唐秋香问。

"后来，铁嘴爸爸来救了我，我就去了广东。"刘月生边说边风趣起来，"我真的要感谢你的那副棺材和你的那套寿衣，还有你藏在那里的我的身份证。……"

张铁嘴在一旁顶黄说："你还要感谢那个卖药的，听说那药连耗子都闹不死！"

他们正说着，没想到李总和李医生、李冬梅也赶来了。李冬梅也凑热打铁说："是社会的苛刻和医术巧合的奇迹，当然，更是岁月的蹉跎，才彻底治好了月生的疾病！更可喜的是，你们的故事让我完成了一份实习律师的合格答卷！"

刘月生忙给两位老人介绍，李总是他在广东事业发展的奠基人。李自强开玩笑说："幸运哩，幸福呀。老人家这辈子是'日月'经天，江河行地，大难不死，洪福齐天啦。不枉此生，不枉此生！"

刘月生抱住李总，眼泪奔涌。

李总松开刘月生，将李冬梅拉到身边说："月生呀，你小时候的不幸，都怪冬梅她爸爸给你用错了药，至今追悔莫及，成为一块心病。可是，他一直在为你治着病，这是你的福分啦！他要求我这个当大哥的支持你创业。因为你的勤奋和努力，收获了今天的成果和幸福，要记着感恩和珍惜呀！"

在场的老少听李总一语道破玄机，大惊大喜！

李医生上前抱住刘月生，没有说话。

张铁嘴上前去一把抱住李总，连声说："早就听说李医生有个哥哥在外做大老板，真神不露面，原来是你呀？哎呀，多谢亲家啦！"

唐秋香也说："亲不亲，故乡人。哎呀，这回我们要好好认认亲家！"

五

不久，刘月生参加了清华大学总裁班广州班的学习。他在与许多企业家交流时，掩饰不住自己的虚荣心，装出一副有知识、有文化、有经济实力的模样。但他听课却是认真的，他要弥补和夺回一生中前几十年想要而没能得到的雨露和养分。

尾声

刘月生的好学上进，感动着李冬梅。没过几天，李冬梅正式加盟刘月生的公司，帮助他打理内外业务。没想到，刘月生卖出股票不久，全球股市像坐过山车似的开始下滑，美国的次贷问题引发了世界金融危机。

刘月生的资金也所剩无几，要想开拓大市场，赚大钱，便成为只是埋在心里的"理想"。这时，李冬梅在公司研究对策的会上说："任何危机中，都有机会，关键是看我们把握得住不。从新闻上看，中国经济不可能硬着陆。如果软着陆的话，必须实施刺激政策，必须求发展；发展的方式，必须搞基础设施建设。我们知道，中国过去城市建设欠账太多，要实现城镇化，就要加快旧城改造。改造旧城，就是我们公司拆迁业务的机遇。没有资金，我带个头，把所有的积蓄拿出来，入股公司。如果大家都投入一点钱，搞个众筹，积少成多，不就解决了公司资金短缺的困难？"

刘月生听了李冬梅的一席话，认为发展机遇已来临，果断做出决策：公司成立事业发展部，以东莞为基地，走出去向全国的老城市、老工业基地开拓业务；成立工程技术部，研发拆迁工程技术，把效益放到最大化；成立财务部，筹措资金，加强核算，注重效益。

没过几天，国家开始出台政策，拉动内需，大搞基础设施建设。一时间，一个个新的开发区、工业园区在大江南北兴起，一座座旧城改造、新区建设的浪潮席卷到县城乡镇。

刘月生大张旗鼓组建团队，将拆迁公司的触角伸展到上海、北京、沈阳、西安，大有占领全国之势。几乎是哪里有旧城改造，哪里就有他公司的影子。两三年下来，拆迁公司从几百万元起家，发展到每年都有好几亿元的产值，收入颇丰。

且说李冬梅加盟到刘月生的公司后，公司发展了，事业壮大了，效益好了，刘月生也要公开露面了。他要把全国各地的分支机构负责人召集到东莞开会。会前，他准备了个讲话稿，他怕南北口音差异，别人听不懂四川话，出洋相，对李冬梅说："你教我练几天普通话，到时我用普通话念稿子。"

李冬梅说："现在学讲普通话，将来还应学几句外语，好与国际友人交流。"

刘月生说："其实，我从小就知道，干大事业，是从小事开始做起的。我知道废物利用，如何变废为宝。我打算将现在的公司改革成再生资源发展公司。不但回收废旧物资，还要利用它，变成新的资源。"

李冬梅建议说："这个主意好。我们将再生资源分成几大类，有废金属，有废塑料，有纺织废料，还有废纸、废油、废设备等。一一加以回收，加以利用；实施电子化管理，网络化发展，做大做强。"

刘月生完全赞成李冬梅的想法，并将新公司的策划、经营部分管理权交给她。

没过多久，"日生拆迁公司"隆重举行工作大会。

尾声

刘月生以公司总裁兼总经理身份登台讲话做报告。他整整衣冠，清清嗓子，第一句用普通话说："同志们，各位经理们，"马上又改口道，"我还是说四川话吧。邓小平讲四川话，全天下的人都听得懂。我说四川话，想必在座各位也会听得懂的。"

刘月生说："纵观国内国际的经济发展形势，都与我们的发展与生存关联。我打算从今天开始，收缩拆迁业务，将'日生拆迁公司'更名为'月升再生资源发展公司'。我们不但回收钢铁和砖瓦，还要实行垃圾分类，纸呀，布呀，玻璃杯，塑料瓶，凡是有利用价值的废物都在业务范围之类。将来，我们还要收购闲置的土地，荒弃的厂房，太空的废物，把生意从中国延伸到世界，将经营范围从地上扩展到天上，凡是有用的废物，都是本公司的收购对象。

"我们更要利用互联网的功能，做到哪里有废物，哪里就有我们的网络和收购团队和员工。

"我想问大家，面对我们的新公司，面对我们的未来，你们准备好了吗？"

台下掌声响起，齐声高喊："准备好了！"

……

三年后，刘月生的"月升再生资源发展公司"在香港证券交易所敲锣上市。

此后不久，公司公告：美国、英国、法国、德国等多家废旧物资公司被"月升公司"收购。一个遍及五洲四海业务的再生资源利用工程，如火如荼。

李冬梅以"香港月升再生资源发展公司"董事局主席身份经常回老家关照唐秋香的晚年生活。同时，捐巨资在当地兴建老年公寓，为在井喷事故中生存下来的鳏寡孤独老人提供安度晚年的场所，并取名"日月居"。

2004年9月28日（中秋）初稿于自知堂
2016年至2017年8月底改定于万里无云的重庆大暑

尾
声

277

图书在版编目（CIP）数据

井喷 / 选民著. — 2版. — 成都：四川文艺出版
社, 2019.3
ISBN 978-7-5411-5244-3

Ⅰ.①井… Ⅱ.①选… Ⅲ.①长篇小说－中国－当代
Ⅳ.①I247.5

中国版本图书馆CIP数据核字（2019）第027611号

JINGPEN
井 喷

选 民 著

责任编辑　　邓永勤
封面设计　　恩加设计　经典记忆
内文设计　　经典记忆
责任校对　　蓝　海

出版发行　　四川文艺出版社（成都市槐树街2号）
网　　址　　www.scwys.com
电　　话　　028-86259287（发行部）　　028-86259303（编辑部）
传　　真　　028-86259306

邮购地址　　成都市槐树街2号四川文艺出版社邮购部　610031
排　　版　　四川省经典记忆文化传播有限公司
印　　刷　　三河市华东印刷有限公司
成品尺寸　　145mm×210mm　　　开　　本　　32开
印　　张　　8.75　　　　　　　　字　　数　　180千
版　　次　　2019年3月第二版　　印　　次　　2021年4月第三次印刷
书　　号　　ISBN 978-7-5411-5244-3
定　　价　　49.80元